KB063467

노바디 인 더 미러

황모과

노바디 인 더 미러

아작

toc.

1

제삼, 단독자

뇌사 판정을 받았던 남편이 오늘 완전히 다른 사람이 되어 집으로 돌아왔습니다.

"들어가도 되겠습니까?"

이전의 영일 씨와 얼굴은 똑같으나 완전히 낯선 표정을 한 다른 남자가 현관 앞에 구부정하게 선 채 허락을 구했습니다. 그 순간 저는 봤어요. 현관에 들어서자마자 커다란 거울에 비친 저를 향해 그가 꾸벅 고개를 숙인 모습을요.

"얘, 그게 무슨 소리야. 얼른 들어가. 네 집이잖아."

시부모님이 아들을 등을 밀며 애써 이전과 똑같

이 대했습니다. 두 분이 오늘 병원에서 남편을 차에
태워 집으로 데려왔거든요.

"영일아. 천천히 기억을 찾아가면 된다. 조급할 필
요 없어."

시부모님은 그가 이전과 똑같은 아들이길, 그가
어떤 상태이든 여전하기만을 바라고 계십니다. 당신
들의 태도가 아들을 윽박지르는 것처럼 보이기도
하는데, 본인들은 잘 모르시는 것 같습니다. 저는 현
관문 근처에 어물쩍하게 서서 세 사람이 집 안으로
들어오는 걸 남의 일 보듯 지켜봤습니다. 어정쩡한
걸음으로 거실 중앙까지 들어온 그는 우리를 돌아보
며 말했습니다.

"여러분, 저는 이전의 김영일이 아닙니다."

사전에 준비한 말인지 연설 같은 어조였어요. 평
소 말투와 완전히 달라서 이상하고 괴이하게 보였습
니다.

"김영일 씨의 기억은 머릿속에 남아 있지만 그건
제 기억이 아닙니다. 어떻게 설명해야 이해해주실지
모르겠습니다. 분명히 말씀드립니다. 지금의 저는 기
억상실증에 걸린 김영일이 아닙니다."

평소 성격을 생각하면 이 상황은 정말 그답지 않았습니다. 남편은 평소 거친 말을 쓰면서도 호탕하게 보이도록 자기 연출을 잘했어요. 그걸 남자답다고 여겼지요. 게다가 세상만사 한두 마디로 심플하게 매듭짓는 걸 선호하던 사람이거든요. 복잡한 건 아주 질색이라던 단순한 남자죠. 자신이 기억을 상실한 김영일이 아니라고 단정하면 문제가 복잡해지는데 말이죠. 지금은 다소 혼란스럽지만, 기억을 되찾기 위해 노력하겠다고 말했다면 훨씬 간단한 문제가 됩니다. 그랬다면 평소 남편이 처리해온 방식처럼 되는 건데 말이죠.

"저를 두 번째나 세 번째 김영일이라고 생각해주시면 좋겠습니다. 다만 사회적인 김영일 그대로 직장 복귀를 허락받았으니 세 분이 허락하신다면 김영일 씨가 영위했던 생활을 이어가려고 합니다. 저에게 조금 시간을 주시면 홀로 살아갈 방법도 찾아보겠습니다. 부디 양해해주시면 좋겠습니다."

시부모님은 줄곧 복잡한 표정을 짓고 계셨어요. 아들의 사고와 뇌사 판정, 그리고 브레인 페어링 시술과 그 후 달라진 성격까지, 근 1년간 벌어진 일 중

어른들은 무엇 하나도 제대로 이해할 수 없었을 겁니다. 하지만 두 분은 삼대독자를 지켜보겠다고 마음먹은 듯했습니다. 평소 살가운 사이는 아니었지만 부모님께 그는 자랑스러운 엘리트 아들이었으니까요.

"그래, 얼마든지 기다리마. 무슨 일 있으면 연락해라. 필요하면 언제든 달려오마."

시어머니는 집을 나서며 제 손을 잡고 신신당부했어요.

"아가, 네가 잘 도와줘야 한다. 무슨 일 있으면 바로 연락하고."

우리 부부는 시집 식구들과는 줄곧 적당한 거리를 두고 지내 왔어요. 영일 씨는 제게 프러포즈했을 때 자신을 독립적인 사람이라고 묘사했는데, 나중에 알고 보니 원체 부모님과 사이가 안 좋았더군요. 시부모님은 이번 일이 생기기 전부터 아들을 어떻게 대해야 할지 잘 모르던 분들이라고 생각해요. 아들 가진 부모들은 아무리 자랑스러운 자식이어도 언제나 걱정이 많았을 겁니다.

의례적인 대답도 드리지 않은 채 저는 조용히 두 분을 배웅했습니다. 모든 게 이전으로 회복되길 바라는 소박한 마음일 테지만 전처럼 돌아가야 한다는 저 어른들의 강렬한 희망이 차갑고 무섭게 느껴졌습니다. 겉모습이 자기 아들로 보인다지만 더 이상 이전의 김영일이 아니라고 하는 낯선 남자와 며느리를 단둘만 남겨두고 떠나셨네요. 저는 주머니 속 스마트폰을 만지작거렸습니다. 저의 안전은 이제 누구에게 부탁하면 좋을까요?

성격은 다르지만 그동안 남편과 저는 잘 맞았습니다. 남들은 자주 저를 순박하다고 표현했고 남편은 자칭 타칭 자기주장이 강한 사람이었어요. 그는 자기주장이 강한 여자와는 같이 못 살았을 거라고 종종 말했습니다. 순박한 사람이 다들 자기주장이 없는 건지 다른 이들은 잘 모르겠지만 저는 그랬어요, 저는 딱히 고집스럽게 제 의견을 관철시키려 안달하는 사람은 아닙니다. 관철시킬 제 의견이라는 것도 별로 없고요. 성격 차이로 이혼하는 사람도 많다지만 성격 차이가 있기에 결혼을 결심한다고도 생각해요. 그동안 서로 다른 점을 인정하면서 우리는 잘 맞춰온 편이었습니다.

그런데 오늘을 기점으로 처음부터 다시 시작해야합니다. 남편의 사고와 재활 치료, 그리고 기이하게 시작된 두 번째 인생은 이전에 우리가 익숙했던 모든 기준을 단숨에 리셋했어요. 이런 날 시부모님이 아들을 응원한다며 등장한 것이 상징적이지요.

저 사람은 앞으로 어떻게 하려는 걸까요? 어떤 식이든 영일 씨가 살아왔던 이전 방식을 기준 삼아 새로운 삶을 살아가야 할 텐데요. 아이러니하게도 이전 방식이 한층 더 중요해진 건 아닐까요. 새로운 시도를 하려면 이전과 달라야 하고 이전과 다르려면 일단 이전의 방식을 알아야 하잖아요.

저는 진취적인 여성은 아닙니다. 아주 조그만 변화도 일탈로 여기며 사는 소심한 여자죠. 언제나 우유부단하고요. 근데 겁이 많기에 저 같은 사람은 자주 최악의 상황을 상상하며 산답니다. 언제든 커다란 파도에 떠내려갈 가능성을 생각하곤 하죠. 위험을 즐기지는 못하지만 사고에 휩쓸리는 일은 늘 각오하고 있어요. 겁 많은 모험가랄까요? 여자들 삶이 그렇잖아요. 어느 날 큰 파도가 인생을 통째로 삼키든지, 아니면 끊임없이 작은 파도가 허리춤을 붙잡고 있든지, 둘 중 하나 아니겠어요?

소심한 모험가인 저는 이전에 익숙하던 방식에만 얽매여 살고 싶진 않았습니다. 이미 우리 사이에 익숙하던 방식이라는 게 남아 있는지도 모르겠고요. 그리고 남편에겐 이전의 삶을 어떻게든 회고하고 회복하는 일이 중요해졌지요.

"후……."

저는 길게 한숨을 쉬었습니다. 이제부터 재미없는 일이 이어질 겁니다. 확실해요. 남편에겐 미안하지만 이건 내 삶까지 퇴행하는 일이에요. 사람들은 병든 남편 수발을 거부하는 이기적인 아내라고 저를 욕하겠지만 제 속마음까지 타인에게 이해를 구할 필요는 없겠지요. 저는 평소에도 속내를 잘 내색하지 않는 사람이니 다들 굳이 묻지도 않았고요.

"앉아도 되겠습니까?"

영일 씨가 제게 물었고 저는 불청객 대하듯 무성의하게 소파를 가리켰습니다. 영일 씨와 단둘이 되자 진짜로 무서워졌습니다. 이전과 똑같이 남편의 몸을 하고 있지만 그는 자신이 영일 씨가 아니라고 말했으니 모르는 남자의 사적인 공간에 단둘이 남은 거지요.

문득 그가 갑자기 표정을 바꿔 이전의 얼굴로 저를 돌아볼 것만 같았습니다. 카드가 들어 있는 스마트폰을 쥐고 저는 현관 쪽으로 주춤주춤 뒷걸음질 쳤습니다. 간단한 짐을 꾸려 가까운 지하철 물품보관소에 넣어둔 참이었거든요. 그가 영일 씨가 아닌 다른 사람인 것도 무서웠고 갑자기 이전의 영일 씨로 돌변하는 것도 상상만으로도 무서웠습니다.

그가 저를 향해 천천히 또박또박 준비한 말을 했습니다.

"이혜 씨, 김영일 씨의 기억을 통해 파악하고 왔습니다. 김영일이 사고당한 날, 이혜 씨에게 있어서는 안 될 수준의 심각한 폭력을 휘둘렀더군요. 그 직전에 이혼 준비 중이셨다고요. 저는 이전의 김영일이 아니니 제 현재 상황만으로도 이혼 사유가 충분하다고 생각합니다."

그의 말을 들으며 저는 남편이 연기를 하고 있다는 의구심을 지울 수 없었습니다.

"자기야. 솔직하게 말해줘. 기억을 상실한 것처럼 연기라도 하려는 거야?"

그러자 그가 예사롭게 답했습니다.

"제가 김영일이 아닌 사람으로 연기를 할 필요가 있을까요?"

정말로 궁금하다는 듯 순수한 질문이었습니다.

"⋯⋯."

저는 제 발언이 그를 자극할 것만 같아서 하고 싶은 말을 꿀꺽 삼켰습니다. 기억을 통해 파악하고 있다면서 자신이 한 일이 아니라며 무책임하게 거리를 두고 있으니까요. 자기가 저지른 짓을 마치 남이 한 일처럼 말하고 있는 표정이 사이코패스 같아 보였어요. 저는 속으로만 반론했습니다. 평소에도 다른 사람과 말싸움 같은 건 해본 일도 없고요.

"함께 지내시기 힘들 거라는 건 이해합니다. 며칠만 머물게 해주신다면 잠잘 방만 찾아서 곧 나가겠습니다. 이혼 절차를 당장 시작해도 좋고요. 필요하다면, 그리고 제게 그럴 자격이 있다면 김영일의 업보는 제가 갚아가겠습니다. 방금 나가신 그 어르신 두 분께도 제가 잘 설명하겠습니다. 전화번호도 저장되어 있는 것 같고요."

그는 혹시 저를 안심시킨 뒤에 뒤통수치려는 걸까요? 같은 공간에서 잠들었다가 그날로 저를 죽이려고 할지도 모릅니다. 저는 사흘간 친구 집에 머물겠다고 말했습니다. 근처 게스트하우스를 예약해뒀거든요.

"저기, 그날 일도 다 기억해?"

저는 힌트를 주듯 남편이 사고당한 날을 언급했습니다. 살짝 떠본 거죠. 그러자 자신은 김영일이 아니라고 말하는 그 남자가 냉담한 어조로 답했습니다.

"김영일은 나쁜 놈입니다."

그러더니 조금 부드러운 목소리로 덧붙였습니다.

"저는 이제 당신을 이해합니다."

그날 일을 이해한다고? 다 저를 안심시키기 위한 연기겠지요? 불쾌함에 숨이 막힐 지경이었습니다. 그는 일그러진 제 표정을 보고 차분하게 말했어요.

"재차 말씀드립니다. 김영일이라는 원본은 이 세상에서 영원히 사라졌습니다. 병원에서 뇌사 판정을 받은 시점에 완전히요. 모든 뇌사 판정자가 그 시점에 동일한 상태가 된다는 말씀은 아닙니다. 그렇지만 김영일은 그랬습니다. 확실하게 말씀드릴 수 있습니다. 육체만 남아 생존에 필요한 최소 활동을 이어가던 김영일이라는 남자를 움직이게 한 것은 브레인 컴파일러 역할을 했던 사람이지요. 그를 두 번째 김영일이라고 부른다면 지금의 저는 세 번째 김영일 정도 되려나요? 저를 제삼이라고 부르셔도 좋습니다."

그 순간 저는 남편과 이전에 나눴던 대화를 떠올렸습니다. 연애 초기엔 서로를 알아간다면서 대학 교양 수업 때에도 시들했던 철학적 논쟁에 열을 올리곤 했었죠.

"영일 씨. 나는 어제의 나와 다르고 내일도 다를 거고 항상 달라질 거야. 세포도 계속 바뀌니까 몸도 조금씩 달라질 거고 아예 전신 성형을 할 수도 있잖아? 사고를 당할 수도 있고 말이야. 내 모습이 완전히 달라져도 그때도 날 알아볼 수 있어?"

그때 영일 씨는 말했죠. 참 영일 씨다운 대답이었어요.

"넌 중학생 같은 질문을 하고 그러냐? 진짜 쓸데없는 생각을 너무 많이 해. 안 피곤하냐? 야, 변하고 변해서 또 다른 사람이 되어가는 것도 너 자신이야. 사람들이 얼마나 다양한 순간을 복합적으로 살고 있니? 가면도 쓰고 연기도 해. 연기라고 생각해서 인위적으로 했던 행동이 그 사람 본질이 되기두 하지.

© LEE SU JUNG

그런 걸 다 합쳐서 나라고 하는 거라고. 아마 유명한 철학자 누군가도 나랑 비슷한 말을 했을걸? 그 사람은 어떻게 알고 미리 내 말을 따라 한 건지, 참."

그렇게 말했던 호탕하고 투박했던 영일 씨, 제삼이라는 남자가 원본이라고 지칭한 존재는 이 세상에서 완전히 사라졌다고 합니다. 저는 이제부터 어떤 남자랑 제 인생을 함께하게 되는 걸까요?

그는 탐색하듯 집 안을, 우리가 쓰던 침실을, 그리고 남편의 물건을 차근차근 둘러보기 시작했습니다.

*

영일 씨와 연애하던 시절은 좋았습니다. 그는 저의 소심한 모험가 기질을 이해했습니다. 솔직히 심리적인 면보다 더 좋았던 것은 경제적인 면이었고요.

연봉이 높은 영일 씨보다 제게 더 절박한 문제였지만 동거인이 주는 경제적인 효용성은 각별했지요. 월세를 반으로 줄이는 것만으로도 일상에 한숨 돌릴 순간이 찾아오더라고요. 모임에서 다소 무리한 식사 비용을 내다 덜덜 떠는 무기력한 월급을 벌고 있었으니까요.

동거 시절에도 우리는 몸과 마음이 언제나 함께여야 한다고 여기지 않았어요. 서로에게 집착하거나 소유하려는 생각도 없었고요. 다시 말해 결혼에 대한 높은 이상이나 간절함이 없었기에 아이러니하게도 일찍 결혼식을 치르게 되었습니다. 신혼부부에게 제공되는 신도시 아파트 청약 우선권과 대출 자격을 얻은 것이 제겐 가장 큰 결혼 선물이었지요. 일찍 결혼한 저를 보고 지인들은 은근히 말했습니다.

"이혜는 성공했네!"

"남편이 K전자 산하 연구소에서 일한대. 수석 연구원이라잖아."

"요즘은 중산층 이상만 이십 대에 결혼한대. 남편도 이십 대라며? 둘 다 아주 상류층이네?"

"아이 안 낳고 딩크족으로 살겠다니 평생 신혼이지 뭐."

월세 아끼려고 결혼했다는 사실은 굳이 해명하지 않았습니다. 요즘 같은 세상에도 결혼을 동화 속 엔딩처럼 생각하는 사람들이 참 많아요. 아, 제가 속마음은 좀 시니컬해요. 말을 많이 하지 않아서 사람들은 잘 모르죠.

결혼 후 주변 사회적 관계도 조금씩 바뀌었습니다. 우리 둘 사이는 별로 달라지진 않았지만 주변 사람들의 인식이 변하더군요. 한국 사회에서 유부남은 몰라도 유부녀라는 이름만큼은 한 여성의 사회적 성격을 규정하는 꽤 큰 특징인 것 같습니다. 결혼했다고 저의 기질 따위가 달라질 걸로 생각하지 않았기 때문에 처음엔 조금 당황스러웠습니다. 하지만 곧 사람들의 납작한 인식 앞에서 딱히 표정도 바꾸지 않고 흘려버릴 정도가 되었습니다. 정말 아이 계획은 없느냐고 꼬치꼬치 묻는 사람들에겐 이렇게 둘러댔어요.

"아파트를 큰 곳으로 옮긴 뒤에요."

그러면 다들 수긍했지요. 근데 둘러대려던 말에 저 자신도 헷갈릴 때가 있었어요. 열심히 일하고 저축해서 언젠간 지금보다 방이 하나 더 있고 거실 넓은 곳으로 이사하게 될 꿈을 품게 되더군요. 의지가 확고해서 의견을 말하기도 하지만 어떨 땐 뜻이 명확하지 않더라도 말부터 꺼내다 보면 자신의 의지가 되어버리는 것 같아요. 영악한 계산 없이 내뱉은 제 말에 저조차도 약간 속았습니다. 그럴 때면 내 말은 과언 누구의 의지였을까, 생각하게 되더라고요.

남편은 제가 마인드셋-부스팅 시술을 받지 않겠다는 결심도 이해해줬어요. 요즘 기업에서는 진취적 마인드를 가진 사람들을 채용한다며 뇌심부 부스팅 자극 시술을 장려하고 있어요. 뇌에 전극을 심어 전기 자극을 가하는 시술은 파킨슨병 치료 등으로 오래 활용된 기술인데 심리 치료와 마인드셋 유연화 목적으로 상용화된 것이 최근 일이지요.

주로 여성들이 시술받고 있다죠. 요즘엔 정수기 물을 갈지 못하는 체구를 가진 여성은 부스터 시술부터 받으라는 말을 듣는대요. 우리 연구소도 제가 입사한 다음 해부터 부스팅 시술을 채용 필수 조건으로 내세웠습니다. 저는 아마 진취적이지 않은 마지막 세대 노동자일 겁니다. 지나치게 적극적이고 긍정적인 사람들을 바라보며 저는 우물쭈물한 상태로 계속 살아갈 걸 예감합니다. 그래도 당장 부스팅 시술을 받을 용기는 나지 않아요. 시술의 효과를 100퍼센트 믿는 것도 아니지만 제가 내일부터 갑자기 패기가 용솟음칠 것을 상상하니 조금 우스워요. 저는 그냥 소심한 상태로 저답게 살고 싶어요.

© LEE SU JUNG

비교적 큰 충돌 없이 지내왔는데 남편의 태도가 돌변한 건 사고가 있기 직전이었습니다. 제가 연구소에서 '개별 연구'에 몰두하기 시작했던 즈음이었죠. 그때 저는 매일 밤 야근했습니다. 누가 지시한 것도 아니었고 수당조차 없었지만요. 제 출퇴근 카드 기록을 보고 부서장님이 저를 불러내 호통을 쳤어요.

"박이혜 씨, 업무 시간 내에 일을 끝내세요. 작업 속도가 너무 느린 거 아닙니까? 일이 많지도 않은 것 같은데……."

저는 노력하겠다고 답했습니다. 부서장님은 여러 번 융통성을 강조하셨어요. 퇴근 기록을 일찍 찍는 방법도 있다고 말이죠.

"……."

다음 달엔 센터장님 면담에까지 불려갔어요. 그는 저를 둔하고 굼뜨다며 시종 핀잔했습니다. 다른 직원들에게 일을 분산시키겠다고 말하면서도 도대체 뭐가 그렇게 바쁘냐고 힐난했지요. 그의 눈빛에 잡무 주제에, 라는 표현이 어려 있는 것 같았습니다. 격려한답시고 그는 함부로 제 등을 두드렸습니다.

회사 사람들은 저를 구시대적 사고방식을 가진 답답한 총무부 말단으로 여겼습니다. 가끔 변명하고 싶은 마음이 들 때도 있었지요.

'저 그런 사람 아니에요.'

하지만 자기변호를 하는 데에도 자격이랄까요, '급'이 필요하잖아요. 변명 욕구를 일으키는 사람들의 차가운 눈빛을 자주 외면해야 했습니다.

저의 급을 결정한 건 리더 그룹뿐만이 아니었어요. 연구원들을 보조하며 제가 회사에서 가장 많이 들은 말은 '만지지 마' '건들지 마' 같은 금기의 말이었습니다. 그런 말들이 저의 위상을 결정했어요. 금기어는 참 이상해요. 제대로 행동을 멈추려면 지시하는 사람들의 의도를 알아채야 했습니다. 뭘 하지 않기 위해서라도 다른 무언가를 해야 하죠. 문제가 부상하지 않으려면 끊임없이 처리해야 할 다른 일이 따라오고요. 그러니 저는 적절히 제 일을 수행해도, 수행하지 못해도 항상 같은 금기의 말 속에 놓였습니다. 제가 무언가를 했다는 걸 조직이 알아챌 땐 아무래도 제가 사라지고 난 이후일 것 같아요.

개별 연구까지 마치고 귀가하면 진이 빠졌어요.

미친 듯 집중할수록 누구의 의지로 일한 건지 헷갈렸지요. 다른 이가 날 움직이게 한 것 같았어요. 제가 둘러대던 말에 스스로 속은 것처럼 말이에요. 그래도 열중할 수 있는 일을 찾아낸 것 같아 기뻤지요. 아무도 제게 지시하지 않은 일에서 비로소 말이죠. 제가 어리석은 선택을 한 게 아니란 걸 누구보다 당신은 이해해주시겠죠?

그때 저의 변화를 가장 먼저 알아챈 건 남편이었습니다. 남편은 그걸 못마땅해했고 억지로 저지하려 했어요. 제가 새로운 사람이 되려는 걸 기꺼워하지 않았던 겁니다. 전 그냥 어제와 다른 오늘을 만나고 싶었어요. 부스팅 시술 없이도 어제와 다른 내가 되고 싶었어요. 제가 어떤 식으로 변화했다면 남편도 저를 이해했을까요? 취미가 바뀌는 거라면 이해했겠지요? 제가 전과 완전히 다른 새로운 박이혜가 되겠다고 하니 이해할 수 없었던 거겠죠?

남편은 그즈음 줄곧 저의 행적을 추적했던 모양입니다. 회사 시스템에 남은 제 업무 기록까지 뒤지고 다녔나봐요. 그러다 결국 제 방에서 당신과 나눈 메모까지 발견했대요. 사람들은 말하겠지요. 아내의 일탈을 저지하려 한 건 남편의 사랑이라고요. 아니요. 그건 사랑이 아니에요. 남편은 거짓말을 했어요. 변하고 변해서 또 다른 사람이 되어가는 것도 자기 자신이라고 남편이 했던 그 말 말이에요. 외관이든 성격이든 이전과 똑같아야 변화를 인정한다는 건가요? 완전히 모순되는 말이잖아요? 변화를 전혀 인정하지 않는다는 말과 똑같죠. 남편을 보며 느꼈어요. 사람들은 변화를 두려워해요. 그중에서도 자신이 변모하는 것을 가장 받아들이지 못하나 봐요. 일관성을 자신의 경향이라고 여기니까요. 그렇지 않나요?

"너 누구야? 우리 이혜 어디 갔어?"

그때 남편은 저를 완전히 다른 사람 대하듯 했습니다. 제가 분열적인 상태라고 말했고 치료가 필요하다고도 말했어요. 자신이 알던 이전의 박이혜가 완전히 사라졌다며 제가 저 자신을 잃어버렸다고 말했어요. 남편에게 저는 이전에 그가 했던 말을 살짝 들려주었습니다.

"자기야, 변하고 변해서 또 다른 인격이 되어가는 것도 나 자신이라며? 그걸 다 합쳐서 나라고 하는 거라고, 자기가 옛날에 그렇게 말했잖아?"

그러자 남편은 덜덜 떨며 무섭게 화를 냈습니다. 그러더니 제게 달려들어 멱살을 잡았어요. 당장 죽일 것 같은 기세였어요.

"우리 이혜를 네가 쫓아내고 옮겨붙은 거야?"

"자기야, 도대체 무슨 소릴 하는 거야? 이게 다 나라니까? 당신 말처럼 전체를 봐. 자기가 한 말도 잊었어?"

"이혜야, 너 지금 당장 치료가 필요해. 소장님한테 같이 가자. 내가 잘 말할게."

그때 당신은 저와 함께 남편과 맞서주셨죠. 우리는 영일 씨의 지시에 따르지 않기로 했어요. 그건 우리 자신을 지키려는 결심이었습니다.

남편이 폭주했던 그날을 떠올리며 저는 제삼이라는 남자를 지긋이 바라보았습니다. 제가 떠올리고 있는 사고 순간을 제삼 씨도 동시에 떠올리는 듯했습니다. 낯설게만 들리는 저 목소리를 어떻게 해석해야 할까요?

"저는 이제 당신을 이해합니다."

사고 발생 당일 밤, 남편은 자발적 호흡 기능 소

실, 기간 중 뇌파 판독 불가, 가역적 회복 불가 뇌사를 판정받았습니다. 물리적으로 뇌가 파괴된 것은 아니기에 장기 기증을 할지, 브레인 페어링 연구소 (BPI, Brain Pairing Institute)로 갈지 선택하면 어떻겠냐는 제안도 받았습니다. 가족 친지 동료 모두 다 한목소리로 연구소로 가자고 말했어요. 남편이 만약 의지를 표현할 수 있다면 당연히 연구소행을 택할 거라고요. 모두가 이를 마지막 희망으로 여겼습니다. 알려진 것처럼 연구소는 비손상 뇌사자의 뇌 재활 프로세스를 연구했습니다. 최근 임상 중 눈을 뜬 사례가 한 건 생기면서 미디어의 주목을 받았어요.

사고 전엔 남편도 BPI의 연구원이었기에 사람들은 남편이 계속 자기 연구를 이어가게 됐다며 반겼습니다. 모두의 의견이 하나로 깔끔하게 합치되는 걸 보자 저는 두려웠습니다. 남편이 다시 눈을 떠 화를 내면 어쩌죠? 자신의 허락도 없이 왜 임상 실험 대상자로 보냈냐고 말이죠. 과연 자신의 의지를 알아줬다며 기뻐할까요? 게다가 저는 주변 사람들의 기대처럼 극진한 간호와 헌신을 감당할 자신도 없었습니다.

남편이 회복한다면 그의 의지를 확인한 뒤 이혼 서류에 빨리 도장을 찍고 싶을 따름이었습니다. 더 솔직히 말하자면, 네, 맞아요. 저는 그가 다시 살아나는 걸 원하지 않았습니다.

★

며칠 후 연구소로 남편이 누운 침상이 들어왔습니다. 토끼나 고양이, 개, 쥐 등 실험동물이 머무는 방 한가운데에 그의 침상이 놓였습니다. 동료 연구원들이 밝은 분위기를 만들려 애써 한마디씩 했습니다.

"영일 님, 자리가 바뀌었네요? 부서 이동인가요?"

"웰컴 백, 영일 씨. 전처럼 같은 팀이 됐군. 잘 부탁해."

"이번에 들어온 토끼가 아주 건장하구먼."

동그랗게 몸을 말고 가만히 잠들어 있는 실험실 신참내기 고양이를 바라보며 저는 동료들이 남편에게 건네는 말을 흘려들었습니다. 이 실험실에서 가장 오래 머문 터줏대감 토끼는 오늘도 눈을 뜬 채 잠들어 있는 것 같아요. 털빛이 전보다 약간 바랬네요.

동료들의 다정한 말 속에도 숨은 의도가 있는 것만 같아 저는 경계했습니다. 사고 현장을 지켜본 사람도 거기 있었거든요. 동료들은 다 잘될 거라며 제게 위로의 말을 건넸어요. 뭐라 답을 해야 할지 난감했어요. 저와 남편을 보며 전처럼 돌아가야 한다고, 돌아갈 수 있을 거라고 확신하는 건 모질게도 무심한 말이 아닐지요. 조만간 이혼할 거라고 알리고 싶었지만, 자세히 설명할 필요는 없겠지요. 타인의 무심함에 새로운 무심함을 하나 더 더할 뿐이니까요.

　저의 뜻과 상관없이 어쩌면 남편의 실제 의지와도 상관없이 연구는 순조롭게 진행됐습니다.

　"브레인 컴파일러, 도착했나?"

　"네, 옆 방에서 대기 중입니다."

　자신의 뇌 운동 패턴을 뇌사자에게 제공하도록 중개하는 사람을 연구소에서는 컴파일러라고 불렀습니다. 뇌사자의 뇌를 인공적으로 자극할 때 컴파일러의 역할이 매우 중요했습니다. 그리고 연구소에선 그 누구도 컴파일러와 대면할 수 없었습니다. 연구소장님이 만든 철칙이었어요. 권력관계에서 유래한 사정이라면 궁금해지지 않는 일들이 지수 있잖아요?

2037년 즈음이었다지요. 야마나카-사치에 뉴로 케어 요법이 화제가 되었지요. 뇌 병변 환자의 뇌에 융·복합-라메드파 자극을 주어 손상된 뇌를 움직이게 한 실험이 성공했습니다. 우리 연구소는 야마나카-사치에 요법을 변형, 계승하며 출발했습니다. 기존 요법과 다른 점은 활발하게 뇌 활동 중인 인간(컴파일러)의 뇌와 뇌사자의 뇌를 페어링시켜 뇌 패턴을 재편성하도록 기획한 점이었습니다. 브레인 페어링의 핵심 기술은 뇌사자의 뇌에 인공적인 자극을 가하는 데에 있지 않습니다. 복제라고 여기시는 분들도 많지만 엄밀히 말하면 개편이자 신재생입니다. 컴파일러라는 용어의 원래 뜻처럼 새롭게 창조한 번역물과 유사합니다. 뇌사자의 뇌를 캔버스 삼아 살아 있는 인간의 뇌파를 재현하는 것이지요. 뇌 활동을 회생시킨 뒤엔 페어링 연결을 끊고 자체 재활을 유도합니다.

연구소의 페어링 기기가 A라는 인간(컴파일러)이 활동 중 방출하는 신호를 인식해 똑같은 시그널을 재현합니다. 같은 기기가 시그널을 재현하며 페어링된 인간 B의 뇌를 자극합니다. 신경전달물질이 자체

분비되는 방식까지 구현했답니다. 뇌사자의 뇌가 컴파일러의 활동을 똑같이 모방(meme)하며 이전 기능을 회복하게 되는 거였죠. 상당한 시행착오를 거친 후 연구소는 최근 가설 성공 사례를 만났습니다. 바로 강모 씨였습니다.

남편은 강모 씨 회생 프로젝트팀의 선임연구원이었습니다. 뇌사 판정 직후 연구소에 온 강모 씨는 브레인 페어링 후 눈을 떴고 원본 컴파일러와 똑같은 행동을 모방하며 움직인 최초의 성공 사례였지요. 그런데 강모 씨 가족들이 갑자기 임상 시험 중지를 요청했습니다. 가족의 희망대로 강모 씨는 뇌사자 장기 기증 절차를 밟았습니다. 그때 강모 씨 가족을 설득하기 위해 연구원들 모두 백방으로 뛰었지요. 남편은 그중에서도 가장 적극적이었습니다.

"뇌가 자극을 학습하기 시작했습니다. 곧 스스로 움직일 수 있습니다."

남편은 가설을 두고 곧 실현될 예언처럼 말했어요. 오로지 믿음에 근거한 가설일 뿐이었지요. 거짓말인 줄 알고도 가족들을 설득했던 겁니다. 그즈음 강모 씨의 싱태를 미디어에 조금씩 흘리며 연구소

주가를 올리려 했던 경영진의 전략은 더 큰 문제였고요. 강모 씨 가족들은 얼마나 괴로웠을까요. 언론과 여론이 강모 씨를 프랑켄슈타인, 좀비라 불렀고 종교인들이 신성 모독을 언급하며 비윤리적 실험을 중단하라고 비난했거든요. 신의 영역에 손을 댔다는 논란은 있을 수 있었지만 애초에 강모 씨 가족들이 감당할 문제는 아니었죠.

강모 씨 케이스가 중단된 걸 누구보다 아쉬워했던 남편은 이제 자기 몸으로 연구를 이어가게 됐습니다. 프랑켄슈타인이든, 좀비든, 혹은 신성 모독이든 부디 남편이 잘 감내하길 바랍니다. 그가 믿었던 것처럼 뇌가 자극을 충분히 학습할 기간만 확보한다면 뇌사자가 부활하는 기적까지 목격할 수 있겠지요. 자기의 몸으로 직접 말이에요.

남편이 눈을 번쩍 뜨고선 경우가 다르지 않냐고 화를 낸대도 혹은 완전히 마음이 바뀌었다고 말한대도 소용없겠지요. 다들 한목소리로 남편의 의향을 예측했으니까요. 자신의 결정과 판단을, 타인이 쉽게 예측할 경향성을 줄곧 한 가지로 만들어온 겁니다. 뇌사 이전부터 남편 자신이 구축한 것이니 어쩔 수 없는 거겠죠?

　다만 모두가 주저 없이 같은 말을 하는 상황이 저는 좀 무서워질 때가 있더라고요. 불변하는 단단한 것들이 무서워요. 이전과는 다른 새로운 경향성과 가능성을 아예 입막음하니까요. 모두에게 확신을 줄수록 다른 가능성은 봉쇄되는 겁니다. 그래서 저는 애매한 게 좋더라고요. 사람들이 저를 두고 종잡을 수 없다거나, 우유부단하다거나, 결단력이 없다고 혀를 차는 일도 그리 나쁘지 않은 것만 같아요.

　남편의 침상이 연구소 실험실로 들어온 후, 저도 어시스턴트 역할로 김영일 회생 프로젝트팀에 합류했습니다. 남편 상태를 모니터링하고 욕창 방지를 위해 누운 자세를 바꿔주고 그 외 필요한 조치를 취하는 게 제게 주어진 업무였어요. 연구실 어시스턴트라기보단 간병 업무구나, 싶었지요. 일간, 주간, 월간 리포트를 작성하는 것도 제 업무였어요. 취합한 데이터를 도표로 만들고 주요 토픽을 표기해 직관적으로 보이도록 보고해야 했지요. 사실 아무도 열어보지 않는 데이터를 계속 쌓아두는 일이었어요. 나중에 큰 일이 생기기라도 하면 토픽 누락을 두고 욕이나 잔뜩 먹는 일, 그게 제가 월급을 받는 이유였지요.

한동안 바빴습니다. 컴파일러의 뇌파가 페어링 기기를 통해 제대로 재현되는지, 재현된 신호가 남편의 뇌에 같은 자극을 일으키고 있는지 싱크로율을 확인하고 보고했습니다. 기기도 신호를 반복 학습하며 패턴을 조율할 시간이 필요한 참이니 연구에 관여하는 자들이나 당사자에게 시간이 필요한건 두말할 것도 없었지요.

융복합-라메다파 자극과 신경세포 활성화는 순조로워 보였어요. 재현율과 싱크로율 그래프도 날마다 오른쪽 위 방향으로 올라갔고요. 제가 집계하는 통계로 보기엔 남편의 뇌와 컴파일러의 뇌가 점점 동일한 전류 분포도를 보이기 시작했습니다. 데이터만으로 보자면, 즉 컴파일러에 의해 재편성된 남편의 뇌 궤적 패턴만으로 판단하자면, 김영일의 뇌는 활동하고 있었어요. 하지만 몸을 움직이진 못했습니다. 연구원들이 추측했습니다.

"영일 씨 심장 박동은 지난주보다 약간 빨라졌어요."

"열렸던 동공이 미세하게 반응하고 있습니다."

"호흡 기능은 다소 회복되었을 가능성이 있습니다. 컴파일러에 연결된 타이밍에 잠시 인공호흡기를 떼고 산소포화도를 확인해보는 건 어떨까요?"

연구원들은 이번 '임상 케이스'를 반드시 성공시키겠다는 강한 의지를 보였습니다. 동료 김영일의 회복을 바라는 마음도 있었겠지요. 업무적인 목적에 대의까지 수반되니 분발하게 되었을지도 모르겠어요. 근데 구실이 될 명분을 찾은 순간 목소리가 커지는 사람을 마주하면 저는 좀 움츠러들었어요. 그토록 강한 확신이라니, 그게 자기 최면으로 변하면 어떡하나요?

저는 연구소에서 일하면서 느꼈습니다. 증명된 가설이란 것도 잘 포장된 확증 편향일 수 있다. 어쩌면 누군가가 아득바득 고집을 부린 게 합의라는 격식을 찾아낸 걸 수도 있다고요. 위계질서 때문에 이의를 제기하지 못하면 합의했다고, 심지어 굴복시켰다고 여기는 분들도 많으니까요.

남편의 현 상태를 두고 여러 예측이 난무하는 가운데 부서장님이 세세 새로운 입무를 지시했습니다.

일시적으로 인공호흡기를 제거하라는 업무였어요. 담당자로 저를 지목했습니다. 제가 남편의 외적 변화를 가장 잘 알아차릴 거라는 이유였어요. 연구원들도 모두 동의했습니다. 호흡기를 제거하라니, 어시스턴트라는 직무 이상의 책임을 떠안은 기분이 들었습니다. 공식적으로는 아무도 담당하지 않으려는 걸 알았으니까요. 공적인 과정이 사적인 상태로 전환된 거였어요. 실험실로 들어가며 이혼 결심을 모두에게 밝혔어야 했나, 복잡한 마음뿐이었어요.

동료들이 지켜보는 가운데 남편에게 다가갔습니다. 뉴로 가이드 로드맵 제어 화면을 통해 뇌전류 분포도도 확인했습니다. 그는 여전히 꼼짝도 하지 않았지만, 뇌 분포도만은 활동하는 사람의 궤적과 똑같았어요. 천천히 남편에게 손을 내밀었습니다. 인공호흡기를 떼려는 순간, 저는 묘한 점을 알아차렸어요. 방이 전혀 덥지 않았는데 그는 땀을 흘리고 있었습니다. 저는 침상 근처 무선을 통해 연구원들에게 상황을 전했습니다.

"센터장님, 컴파일러 님이 계신 방이 더운지도 모르겠습니다."

연락을 취한 뒤 연구원들 사이에 웃음이 터졌습니다. 남편의 뇌와 연동된 컴파일러가 에어컨이 꺼진 방에서 잠들어 있다는 거였습니다.

　"저 씨……, 리모컨 새끼, 알바 주제에 자고 있었다잖아!"

　"속 편한 일을 진짜로 편하게 하는 놈이네? 이래 가지곤 영일 씨가 깨어난대도 알 길이 없잖아."

　사람들의 농담을 들으며 저는 컴파일러가 어떤 사람일지 궁금해졌습니다. 소문에 의하면 컴파일러 채용 기준은 조금 특별했습니다. 입이 가벼운 채용관련자의 말에 의하면 자의식이 강하지 않은 사람이 선별됐다고 해요. 운동 신경처럼 본능적인 동작을 제어하는 데에만 필요한 사람이라는 거죠. 근데 뇌파를 재현하면 그의 충동적인 행동이나 발상까지도 재현될 가능성은 없는 걸까요?

　컴파일러가 느끼는 더위를 자기 몸으로 표출하고 있는 남편을 보니 프랑켄슈타인이나 좀비라기보단 꼭두각시라는 명칭이 어울릴 것 같았어요. 타인이 체험한 감각을 자기가 느낀 것처럼 여기는 거니까요. 물수건을 꺼내 남편의 이마에 맺힌 땀을 닦아냈습니다.

무력하게 누워 있는 모습을 보니 이 남자가 제게 폭력을 휘둘렀던 사람이라는 생각이 들지 않더군요. 자신을 완전히 잃어버린 자에게 벌을 내린다면 그 처벌은 의미가 있을까요? 만약 남편이 이미 세상에 없는 존재가 되었다면 제가 이혼하겠다는 결심은 누구와 헤어지려는 것일까요?

　그가 고작 인형에 불과하다면 땀을 흘리진 않을 테지요. 자신은 여전히 세상을 느끼고 있다고, 어떤 형식으로든 살아 있다고 강변하는 것 같았죠. 몸이란 건 참 신기한 그릇이란 생각이 듭니다. 그릇의 형태가 달라지면 거기에 담긴 의식의 모습이 달라질 테고 반대로 의식의 지배를 받아 그릇이 달라지기도 할 테지요. 육신만이 인간의 전부는 아니겠지만 몸이 사라진 인간이 인간의 핵심이라고 말하기도 힘들겠지요.

　남편과의 마지막 언쟁, 그때 귀청을 때렸던 소음 따위가 떠올랐습니다. 잔상을 애써 지우고 그를 바라보았습니다. 눈을 감은 그가 이전의 남편과 다르게 보였어요. 땀을 뻘뻘 흘리며 무언의 의지를 표하고 있는 한 생명에게 애틋한 마음이 들었습니다. 그의 땀을 닦아내며 비로소 느꼈습니다. 이 사람은 살아 있다고요.

한참 남편의 몸을 닦고 있던 바로 그 순간이었습니다. 그가 번쩍 눈을 떴습니다. 컴파일러와 페어링된 상태에서는 남편이 눈을 뜬 적도, 손끝을 움직인 적도 없었어요.

"악!"

나도 모르게 비명이 터졌어요. 눈이 마주친 순간 그는 더 이상 꼭두각시 인형 같은 게 아니었습니다. 사람이 사물을, 상대를 바라본다는 것은 대상을 인지한다는 거지요. 인지한다는 시선만으로도 두 인간 사이에 관계가 시작되는 거니까요.

연구원들 사이에도 긴장과 흥분이 흘렀습니다. 연구원들은 컴파일러에게 천천히 몸을 움직여달라고 요청했습니다. 조금씩 남편이 손끝 발끝을 옴짝거리기 시작했습니다. 남편의 움직임을 보며 모니터링 화면을 통해 컴파일러가 있는 방을 보았어요. 완벽하게 동일하진 않았지만, 컴파일러의 움직임을 남편이 한 박자 늦게 따르고 있었어요. 브레인 페어링 기술의 대성공이었습니다. 연구실은 감격에 휩싸였습니다. 실험실에 뛰어 들어온 동료는 눈가가 촉촉했어요. 팀 전체에 활기가 돌았습니다. 센터장님이 부서에 찾아와 연구원들을 모두 격려했지요.

"이제 시작이니 힘내봅시다! 박이혜 씨, 이게 다 사랑의 힘 아니겠어요!"

아무 대답을 하지 않았는데 제가 눈물이라도 흘리는 걸로 보였는지 휴지를 건네는 이도 있었습니다.

그 상태로 지난한 시간이 이어졌습니다. 이전 상태로 의식과 기억이 즉각 회복된 건 아니었습니다. 대리자가 전하는 명령을 자기 몸으로 수행하고 있을 뿐, 본인의 의지와는 상관없는 상태였지요.

그래도 그날 이후 신진대사 회복이 눈에 띄었습니다. 인공 혈액 순환율도 원활했어요. 욕창 방지를 위해 자세를 바꿀 때 나날이 혈색이 좋아지는 것이 두드러졌습니다. 호흡근이 증진되어 폐활량도 늘었지요. 며칠 후 인공호흡기를 뗐습니다. 영양액과 수액 투여 횟수를 늘렸고 대소변 양도 늘었습니다. 브레인 페어링 시간도 점차 늘렸습니다. 자가호흡을 하고 눈을 깜빡이자 대화가 어려울 뿐 회복 중인 환자로 보였습니다.

얼마 후 남편은 컴파일러의 동작을 그대로 재현하며 침대에 등을 기대어 앉았습니다. 행동 재현에 시차도 거의 없었습니다. 연구원들이 컴파일러에게 천천히 음식을 씹고 삼키는 동작을 하도록 의뢰했습니다. 남편의 입에 음식을 넣어주는 일은 제가 담당했어요. 누군가 제 뒷모습 사진을 찍는 것 같았습니다.

페어링 상태로 3개월 차에 접어들었어요. 이전 강모 씨 케이스와 유사한 상태였지요. 강모 씨 가족은 3개월이 채 되기 전에 페어링 해제를 요청했었지요. 남편은 새로운 케이스가 되어가고 있었습니다. 브레인 페어링 시간을 늘리고, 해제 후에도 추가적으로 라메다파 자극을 병행했습니다. 새로운 아이디어도 속속 나왔습니다. 컴파일러를 변경하자는 의견도 있었어요.

3개월이 넘어가는 시점부터 사람들은 초조해하기 시작했습니다. 상태가 고착되고 제각각 제시했던 아이디어도 수렴되지 않자 프로젝트팀은 헤맸습니다. 이번에도 강모 씨 케이스처럼 흐지부지 끝난다면 연구소 존속 이유도 흐려질 겁니다. 무엇보다 내년

정부 연구 지원금은 받을 수 없을 거예요.

이럴 때 의미를 일깨워주는 게 리더의 역할이지요. 모두가 연구소장님의 입을 바라보았습니다. 연구소 전체 전략 회의가 소집됐고 1시간 가까이 황서우 소장님의 연설이 이어졌습니다.

"우리는 극우 매체들이 말하는 것처럼 프랑켄슈타인이나 좀비 따위를 양산하기 위해 이 일을 시작한 게 아닙니다. 무비판적 인간들을 만들어 좌파 사상을 주입하기 위해 연구하는 것도 아니죠. 당연히요. 우리는 믿고 있습니다. 자연에 약간의 손길을 더한 인간의 기술, 그 기술이 있었기에 인간이 새로운 세계의 주인이 된 거라고요. 모두가 끝이라고 생각했던 지점에 서서 이것은 끝이 아니라고 말하는 사람만이 한발 더 나아갑니다. 세상을 바꿉니다. 우리 연구는 사람을 살리는 일입니다. 사람을 새롭게 탄생시키는 일입니다. 우리 동료가 우리 곁으로 돌아올 길을 우리 손으로 만들어줍시다. 인간의 상태는 고정적이지 않을뿐더러 변모를 거듭하며 어떤 상태로든 바뀔 수 있다는 것을 세상에 증명해 보입시다."

소장님은 연설 중에 울먹거렸습니다. 그가 구하

고 싶은 이는 누구일까요? 인간의 상태를 언급하시는 걸 들으니 아무래도 제 남편의 상태를 변화시키는 게 궁극적인 목적은 아닌 것처럼 들리네요. 끝이 아니라는 말, 사람을 살리자는 희망적인 선언이 왜 제 마음엔 울림으로 다가오지 않을까요? 무리해서 끝끝내 끝내지 않는 모든 일이 과연 진전일까요? 끝을 바라는 제게는 아니었습니다.

저와 달리 팀원들은 마음을 다잡았습니다. 어찌 됐든 업무를 계속해야 하니까요. 외부에서 흘러들어온 대의에 동의하면 그걸 마치 처음부터 자신이 떠올린 듯 믿기도 하잖아요. 그래서 사람들은 이유를 찾아다니나 봐요. 어쨌든 지속할 이유, 내 표현으로 말할 수 있는 남의 말을요. 사내 컨센서스니 인식 공유 같은 표현을 들으며 연구소의 정체성을 잘 드러내는 용어라고 생각했답니다. 어떤 조직에선 특수한 기기나 컴파일러가 없어도 브레인 페어링이 잘 이뤄지죠. 그 경우엔 다른 브레인의 움직임까지 제어하는 컴파일러는 누굴까요?

반년이 지났습니다. 저나 영일 씨 부모님을 컴파일러로 교체하자는 아이디어도 나왔습니다. 친밀한 사람으로부터 얻는 자극에 영일 씨가 수용할 정보도 다를 수 있다고요. 연구소 사람들은 뇌사자의 의식이 잠시 잠들어 있다고 생각하는 것만 같았어요. 그런데 어디에도 그의 의식이 남지 않았다면? 그의 의식과 영혼이 정말로 육신에서 사라진 거라면? 지금의 그는 껍데기뿐이라면 어떻게 되는 걸까요?

뇌사자를 부활시킨다는 발상은 연구소에선 신성한 가치였어요. 하지만 자살을 시도한 사람이라면, 그를 부활시키는 것은 정말로 그 사람을 존중하는 일일까요? 저처럼 의문을 가진 사람도 많을 테지만 논외였습니다. 다들 저보다 똑똑한 사람들일 텐데 굳이 의문을 표하지 않는 이유를 생각해봤어요. 평소 하는 말 속에서 이유를 알 수 있었죠.

"다 돈 받고 하는 거잖아. 월급 주는 분들이 원하시는 대로 손발이 되어드려야지. 남의 돈 버는 일은 원래 쉽지 않은 법이야."

"사업 방향이나 전략을 정하는 건 경영진 일이지. 일개 사원이 그거까지 생각한다면 이 월급으론 안 되지."

경영진은 월급으로 사원들과 브레인을 페어링하는

모양입니다. 그때 컴파일러는 물론 경영진이 되겠죠?

조그마한 권력을 가진 사람이든 거대한 권력을 가진 사람이든 본질은 같다고 생각해요. 작은 권력자들은 규모가 큰 일을 수행할 권력이 아직 없을 뿐, 큰 권력을 가지게 된다면 다들 비슷해질 것 같거든요. 권력자에게 유리한 상황에 침묵한다는 게 그런 뜻 아니겠어요? 그러니 마찬가지라고요. 이런 얘길 입밖에 내뱉은 적은 없어요. 저한테 딱히 대안이 있는 것도 아니고요. 제가 과연 언급할 자격이 있는 자인지 이상한 눈빛만 마주할 게 뻔하잖아요.

사람들은 제가 마인드셋-부스팅 시술을 하지 않았기 때문에 이렇게 사소한 생각에 몰두한다고 생각할 겁니다.

요즘 이런저런 생각을 오래 하게 된 것은 남편 일 때문만은 아닙니다. 생각이 많이 바뀐 것 같아요. 당신과 제 삶을 공유하면서 저는 점점 더 바뀌었고 변화의 속도는 가속됐습니다. 사람은 이전과의 연속성이 없이도 완전히 달라질 수 있다고 생각하게 됐어요. 남편이 받고 있는 뇌 시술과는 비교할 수도 없는 변노쇼.

당신도 제 변화를 느끼시나요?

★

얼마 후 컴파일러가 퇴근할 무렵이었습니다. 컴파일러가 책을 읽거나 스마트폰을 들여다볼 때 남편도 책이나 스마트폰을 들고 있는 포즈를 취했습니다. 남편 손에는 아무것도 들려 있지 않았지만요. 컴파일러가 읽고 있는 정보가 페어링 기기를 거쳐 남편의 뇌 안으로 들어오기 때문에 책이 없어도 될 거라고 했습니다. 기이한 모습이었습니다. 남편의 뇌는 책 내용을 인식하고 있는 건데, 이 순간 그의 눈은 지금 무얼 보고 있는 걸까요?

투명한 스마트폰을 든 남편을 바라보다 미묘한 변화를 알아챘습니다. 컴파일러와 페어링이 끊어진 순간, 남편의 눈동자가 잠시 움직였어요. 그 순간 남편과 눈이 마주쳤어요. 그는 곧장 시선을 피했습니다. 길 가다 눈길이 교차한 낯선 타인의 시선을 피하듯이 말이에요. 저는 알았습니다. 컴파일러의 뇌를 통해 재현된 행동이 아니라는 걸요. 그가 자기 눈으로 들어오는 정보를 직접 보고 있다는 걸요. 그의 뇌가 드디어 스스로 움직이게 된 거예요.

그날 이후 컴파일러는 계약이 종료되어 출근하지 않았습니다. 패턴을 학습한 뇌가 드디어 스스로 움직인 겁니다. 딱 한 가지, 연구소의 가설과 다른 점이 있었습니다. 인위적 손길을 거쳐 재생한 사람은 원래의 영일 씨로 보기 힘들다는 점 때문이었습니다. 기억을 비롯해 언어 능력, 인지 능력, 성품, 하다못해 선호하는 입맛까지 완전히 바뀌어버렸어요.

잠들어 있던 영일 씨의 의식이 깨어난 게 아니었습니다. 깨어난 그는 김영일의 뇌에 보존된 기억을 꺼내 볼 수는 있으나 김영일과는 완전히 다른 새로운 존재로 보였습니다. 이전의 존재와 독립된 한 인격의 새로운 시작이었지요.

연구소는 그를 '기억을 상실한 김영일'이라고 여겼습니다. 원본과의 기억 연동에 손실이 발생했다며 사이드 이펙트가 있었다고만 말했죠. 연구소의 성과를 말해주는 것 이외의 세세한 상황은 외부에 공개되지 않았지요. 하지만 연구소는 브레인 페어링과 인공적 대사 활동을 통해 새로운 인격을 탄생시킨 겁니다. 의식이 사라신 몸에 새로운 인간을 단생시킨 거였어요. 그야말로 신이 인간을 빚듯이 말이죠.

남편을 이제부터 뭐라고 불러야 좋을까요. 그가 이전의 김영일이 아니라고 했고 자신을 제삼의 존재라고 불렀으니 저도 그의 의향을 존중해 제삼 씨라고 부르기로 했습니다. 제삼 씨는 컴파일러와 페어링을 해제한 후 스스로 움직였습니다. 마치 유아가 본능을 발휘하듯 생존을 위한 몸부림을 시작했어요. 천천히, 그러나 자신만의 방식으로 주변의 모든 상황을 학습했습니다. 학습 속도는 매우 빨랐습니다. 반사 신경 같은 건 뇌에 이미 각인되어 있었던 걸까요? 움직이고 먹고 배설하고 위험을 피하는 일들은 이미 다 알고 있다는 듯 자연스럽게 수행했습니다. 언어 능력도 빠르게 재습득한 모양입니다. 학습한 언어도 뇌 어딘가에 저장되어 있는 걸까요? 어렸을 때 해외로 어학연수를 갔다가 잊어버린 외국어를 다시 떠올리는 것과 같은 걸까요? 그는 영일 씨가 알았던 언어와 지식을 활용하며 새로운 자아를 구축해갔습니다. 영일 씨의 이전 기억을 앨범에서 빼 보듯 제삼 씨는 뇌에서 정보를 건져 올리는 것 같았습니다.

연구소 사람들은 세간이 가장 납득하기 쉬운 표현으로만 영일 씨의 상태를 발표했습니다. 김영일은 뇌사 후 소생했으나 기억을 상실했고 이전의 자신으로 돌아가기 위해 분투하고 있으며 연구소는 그를 응원하며 지원하고 있다는 식이었죠. 만약 새로운 인간이 탄생했다고 발표했다면 어땠을까요? 어쩌면 연구소가 주가를 높이려고 무리하게 쇼를 벌이고 있다는 말을 들었을지도 모르겠네요.

제삼 씨가 자신을 새로운 자아라고 주장하는 걸 인정하면 이혼에 유리할까요, 불리할까요? 어차피 위자료를 높일 이혼 사유를 찾아다닌 걸로 보이겠지요. 사람들의 일반적인 반응을 상상하다 보면 당신을 만난 뒤 제가 만난 변화에 대해선 더더욱 함구하게 됩니다. 마인드셋-부스팅도 안 한 여자, 평균적인 인식을 벗어난 말을 하는 젊은 여자는 작은 발언에도 어마어마한 비난을 감수해야 하지요. 그러니 말을 아끼는 여자를 보고 생각 없다고 말하는 건 하나만 알고 둘은 모른다고 고백하는 거라니까요.

저는 한동안 남편과 제삼 씨를 구별하기 위해 테스트를 시도했습니다. 이전에 남편이 관심 없있딘

영화 장르나 스포츠 같은 화제를 던져보았습니다. 예상대로 제삼 씨는 영일 씨가 무관심했던 정보를 알지 못했습니다. 남편이 전문가 뺨친다며 자부하던 전공 분야에 대해서도 질문해보았습니다. 제삼 씨는 낡은 하드 디스크에서 데이터를 검색하듯 약간 늦된 반응을 보였지만 영일 씨가 알고 있던 기존 정보를 떠올릴 수 있었습니다. 영일 씨가 품었던 열정적인 태도와는 사뭇 달랐지만요. 특히 야구 얘기를 할 때 정보는 줄줄 꿰었지만 태도는 무미건조했지요.

그럼에도 곧 연구소는 김영일 케이스를 성공사례로 공식 발표했습니다. 기억 상실과 유사한 증세는 작은 후유증 정도로 취급했고 뇌사자의 부활이라고 대대적으로 광고했어요. 그날부터 연구소로 문의 전화가 폭증했습니다. 뇌사자, 코마 상태의 환자뿐 아니라 발달 장애인 가족, 치매나 뇌졸중, 뇌 손상 환자, 심지어 정신질환자 가족 등이 김영일과 유사한 적용을 받아보고 싶다고 희망했어요. 다음 날부터 연구소장님은 뉴스에 출연해 생명과 기술, 인간의 노력과 새로운 미래에 대해 거창하게 인터뷰했습니다. 죽은 사람을 살린 종교인 같은 분위기였지요. 연구소는 눈코 뜰 새 없이 바빠지기 시작했어요. 협업 프로젝트가 순식간에 수십 개로 늘었습니다.

미디어는 뇌사 판정자의 장기 기증에 대해서 새롭게 다뤘습니다. 살릴 수 있었던 사람이 유족의 섣부른 판단으로 죽었다는 목소리도 높아졌습니다. 기사에는 가족에게 타살당한 셈이라는 댓글도 있었지요. 장기 기증 시 본인 동의 시점을 재정의하자는 의견도 있었고요. 새로운 기술로 새로운 관점이 생기면 이전의 평범했던 일들이 야만적인 일이 되기도 하지요. 장기 기증자 수가 줄어들어 두 번째 삶의 기회를 놓친 사람도 늘었다고 하더라고요.

남편의 사회적 존재를 빌린 제삼 씨가 집에 온 후 저는 그를 일부러 안정시키기도 하고 약간 도발하기도 하면서 그의 태도를 관찰했습니다. 예상보다 호텔 생활이 길어지던 어느 날 제삼 씨가 제게 말했어요.

"김영일의 기억이 정보로는 남아 있지만 저는 그의 마음까진 모릅니다. 제 마음에 대해서만 말하자면 저는 당신에게 특별한 감성이 없습니다. 당신도 그렇지 않습니까?"

그는 저를 보고 설레지도 애틋하지도 않다고 했습니다. 저를 걱정하지도 않으며 제게 화가 나지도 않는다고 했어요. 애정이 식어버린 남자처럼 말이죠. 뇌가 기능을 중단하면 감정도 사라지는 걸까요?

연구소에 다시 출근하는 날 동료들은 그를 반겼습니다. 제삼 씨의 업무 수행 능력은 하루하루 빠르게 좋아졌습니다. 행동은 조금 이상한 구석이 많았지만요. 출퇴근 시간이 몇 시인지 물어봤지만 자기 노트북 비밀번호는 외우고 있는 식이었지요. 하루는 어두운 탕비실에서 불을 켜지 않고 물을 마시다 뒤에 들어온 사람을 놀라게 한 모양이었습니다. 누군가 그 일을 지적했고 제삼 씨는 사과하곤 다음엔 개선하겠다고 답했습니다. 이전의 영일 씨라면 사과는 하지 않을 상황이었지요. 영일 씨가 무심코 했던 행동을 반복하지는 않는 것 같았습니다. 또 재밌는 일은 영일 씨는 아무리 지적을 받아도 자기 잘못을 고치지 않았지만 제삼 씨는 태도를 바꿨다는 점이었습니다. 동료들도 제삼 씨를 보며 말했습니다.

"김영일 씨, 페어링 이후에 사람이 변했어!"

제삼 씨의 신중한 태도는 주위의 칭찬을 들었습니다. 말투도 전보다 온화해졌고 거친 언행도 일절 보이지 않았고요. 동료의 지적을 받으면 자신의 행동이 영향을 끼친 상황을 돌아보았지요. 마치 세상의 법칙을 처음 배워가는 어린아이 같았어요. 순수하게 무지하기에 겸손하게 변모하고 성장하는 것처럼 보였어요.

연구소 사람들은 제삼 씨의 변화를 브레인 페어링 기술의 순기능으로 여겼습니다. 만약 제삼 씨가 공격적인 사람이 되었다면 그건 역기능이나 부작용이라고 불렸을까요? 그 와중에 팀장님은 제삼 씨를 따로 불러 무리하지 않아도 좋다고 격려했다더군요.

"나이 들어서 사람 바뀌는 거 쉽지 않아요. 프라이드라는 게 생겨서 말이지. 누가 지적하면 더 하기 싫어지거든. 그러니 편하게, 전에 하던 대로 하면 돼요. 영일 씨."

팀장님의 격려에 제삼 씨는 반문했다고 합니다.

"누가 개선을 요청하면 따르지 않는 게 원래 하던 대로의 방식인가요? 아니면 그게 김영일의 방식이란 뜻인가요?"

"아니, 일반론이야 일반론. 아무리 옳은 얘기여도 자존심을 건드리면 피가 끓어오를 때가 있잖아! 반역자 기질이랄까!"

제삼 씨의 변화를 두고 남성 동료들 사이에선 어디 조용한 곳에 데려가서 남성성을 회생시켜야 한다는 말까지 나왔다고 합니다. 조용한 곳이라니 어딜까요?

하긴 남자들은 뭘 하든 그래도 괜찮다는 용인을 잘 받잖아요. 집에서든, 조직에서든요. 주장이 지나치게 강해도 꺾이지 않는 추진력이라는 이름으로 비호받고요. 막무가내 유아적 똥고집이 남자의 프라이드란 형용사를 거느리고요. 이런 비호는 연쇄적이지요. 남자는 그럴 수도 있다고 도닥여주는 불합리한 관습을 회사에서도 많이 봤습니다. 활력 있는 자신들은 부스팅 시술도 필요하지 않다고 하더군요.

제삼 씨는 위계적인 조직 논리나 남자들의 집단 논리와 무관하게 독자적으로 살아가기 시작했습니다. 영일 씨가 이전에 작성한 보고서를 활용하면서 그 보고서를 수정 개선한 내용을 발표하기도 했어요. 무심코 이야기를 듣던 사람들도 나중에야 놀랐다고 말했지요.

"영일 씨가 너무 달라졌어. 근데 그게 너무 괜찮아."

제삼 씨가 김영일이라는 존재를 가면 삼는 것 같아 저는 꺼림칙했습니다. 그가 정말 제삼의 존재라면 영일과는 무관하게 별개의 삶을 영위하는 것이 낫지 않을까요? 저는 그와 마주칠 때마다 도발했습니다.

"자기 혹시 연기하는 거야? 실은 기억이 다 돌아온 거지?"

그는 연구소에서 개선되고 보완된 김영일로 잘 지내고 있었지만 제 앞에서는 영일 씨와의 관련성을 부득부득 부인했습니다.

"제가 김영일로 돌아왔다면 뭐하러 감추겠습니까? 연구소에서도 기뻐할 텐데요."

"따로 숨길 게 있나요? 왜 굳이 김영일로 살려고 해요?"

그러자 그는 묘한 표정을 지으며 저를 바라보았습니다.

"그게 다른 사람들을 편하게 하는 것 같아서요."

"저는요?"

"제가 김영일이면 당신은 불변하시잖아요."

상의 끝에 우리는 이혼 서류를 들고 구청에 가기로 했습니다. 제삼 씨는 흔쾌히 저의 선택을 지지하고 돕겠다고 했습니다.

제삼 씨는 기억이 단절된 채 두 번째 삶을 시작하는 새로운 김영일일까요? 아니면 남편을 숙주로 삼은 또 다른 존재일까요? 그는 도대체 어디에서 온 존재일까요? 브레인 페어링을 했을 때 컴파일러 님의 의지와 의식이 카피 된 건 아닐까요? 그것도 아니라면 인간의 빈 몸을 찾아낸 외계인이 들어앉기라도 한 걸까요?

무얼 꾸미는 것인지 제삼 씨는 조용히 움직이기 시작했습니다. 저는 집으로 돌아왔고 그는 새로 방을 얻어 살기 시작한 이후였어요. 그가 갑자기 소장 비서실 사람과 가깝게 지내는 모습은 좀 의아해 보였습니다. 그리고 얼마 전 길에서 그를 마주쳤어요. 젊은 남성과 만나고 있었습니다. 그가 누굴 만나든 제 관심은 아니었습니다. 그런데 두 사람이 커피를 마시며 똑같은 타이밍에 다리를 꼬는 것을 보았어요. 그 순간 알았습니다. 그 젊은 남성이 그의 컴파일러라는 사실을요. 제삼 씨는, 아니 어쩌면 자신의 존재를 숨긴 영일 씨는 도대체 뭘 하려는 걸까요? 그를 움직이게 하는 건 도대체 누구일까요? 그가 갑자기 폭력을 휘두르는 사람으로 돌아오면 저는 어떡하죠?

여러 생각을 배회하다 한 가지 생각에 도착했어요. 영일 씨든 제삼 씨든 그는 변모한 거라는 생각이었어요. 설령 제삼 씨인 척하는 영일 씨래도 그는 변화한 게 분명합니다.

제 생각은 그랬어요. 모든 게 가능하다고요. 저와 함께 제 곁에 머물고 있는 당신을 생각하면 믿게 돼요. 우리는 어떤 존재든 될 수 있다고요. 뭐든지 가능하다고요.

2

이혜, 복합자

    당신과 만나게 된 즈음, 연구소 내외에서 일어났던 일을 당신에게도 설명해야겠네요. 당신에게도 저에게도 중요한 일이었으니까요. 그때 연구소 지하에는 한두 마디 말로 규정하기 애매한 존재들이 누운 침상이 늘어갔습니다. 마주하는 것이 고통스럽기에 누구도 눈을 맞추려 하지 않은 존재들이 묵묵히 자신의 호흡을 이어가고 있었습니다. 저는 그곳의 존재들과 눈을 마주쳤고 그곳에서 인생의 큰 변화를 맞았습니다.

제가 완전히 다른 사람으로 바뀔 거라곤 상상하지 못했어요. 돌아보니 저는 멋진 사람이 되거나 훌륭한 사람이 될 거라고 상상한 적이 없어요. 커다란 불행을 겪지만 않으면 충분히 행운인 삶이라고 생각해왔지요. 당신과 만나기 전엔 그랬어요. 그리고 저는 당신 덕에 제가 꽤 특별한 사람이라는 걸 알았어요. 당신이 저를 유연하고도 또 용기 있는 사람이라고 말해주었으니까요.

저처럼 일면 소심해 보이는 여자들이 무모한 결정을 하거나 결심을 한번 바꾸면 갈대처럼 잘 휘둘린다는 얘길 자주 듣지요. 성찰적이고 반성적이고 융통성 있다는 평가는 잘 안 나오고 헤프고 줏대없다는 얘기만 따라오지요.

저는 고정 불변한 사람이 싫었어요. 반성하지 않고 바뀌지 않아도 전처럼 살아갈 수 있다니 엄청난 특권 아닌가요. 타인의 의견에, 특히 상대적으로 지위 고하가 낮은 사람 말에 절대로 귀 기울이지 않는 사람, 자신에게 익숙한 태도를 절대로 바꾸지 않는 사람들은 제 경험상, 대체로 남자들이었어요. 나이든 남자든 어린 남자든 한결같이 그랬죠. 유선이나 호르몬 탓을 할 순 없을 겁니다. 경험차나 개인차도 있겠고요. 세상엔 안 변해도 용인받는 사람이 있는 한편, 끊임없이 변모하고 탈바꿈해도 간신히 살아남을까 말까 하는 사람도 있잖아요. 같은 주장을 강하게 펼쳐도 허용되는 사람과 용납되지 않는 사람이 있지요. 어떤 아시아 나라에선 성별에 따라 이 차이가 발생하기도 하고요. 요즘엔 부스팅 시술 유무가 태도를 좌우한다는 식의 새로운 개념도 생겼고요.

당신도 알다시피 저도 유연한 사람입니다. 줏대 없다거나 오락가락한다는 식의 말을 듣는대도 상관없어요. 마인드셋-부스팅 시술을 받지 않은 여자라서 그렇다고 치죠, 뭐. 저랑 다르게 굳센 여자는 어디선가 재수 없다거나 매력 없다거나 심지어 위험하다는 말을 듣고 있을 테지요.

당신을 만나고 난 뒤, 당신을 저의 일부로 받아들이면서 저는 조금 대범해진 것 같아요. 제가 유연하든 한결같든 언제 어느 시점에 변했든 어차피 사람들은 제게 관심이 없어요. 저의 변화를 자신의 변화처럼 느껴준 사람은 오직 당신뿐입니다.

★

　남편이 뇌사 판정을 받기 직전, 강모 씨 사례가 반절의 성공을 거둔 직후의 일이에요. 뇌사 판정자의 가족들이 줄을 이어 연구소를 찾았습니다. 그때 제가 데일리 보고서를 작성해야 하는 대상자도 갑자기 열두 명으로 늘었었지요. 연일 야근이 이어졌습니다. 그즈음 연구소장님은 생명을 살리는 메타적인 초월 기술이라며 다소 과장된 홍보성 인터뷰를 계속했고 연구소는 기업 등록 절차를 끝냈습니다. 상장을 준비 중이라던데 경영진과 이사진들은 보유한 스톡옵션이 대박 날 꿈에 들떴겠지요. 하지만 같은 시기, 연구소 내부 분위기는 사뭇 달랐습니다. 페어링 대상자가 대거 늘면서 예상 못 한 크리티컬 이슈가 속속 올라왔기 때문이에요.

　B 씨는 브레인 페어링 후 강모 씨와 비슷한 수준으로 운동 기능까지 재현하는 데 성공했는데 곧 움직임을 멈췄습니다. 가족과 지인이 교대로 컴파일러가 되어 페어링을 시도했지만, 그 이후엔 무반응이었어요. 연구원들은 B 씨와 강모 씨의 조건을 비교했

고 결정적 차이가 된 요소를 도출하려 부단히 애썼답니다. 사실 둘은 너무 달라서 그중 무엇이 결정적이었는지 알 수 없었죠. B 씨와 강모 씨는 체격도 달랐고 성격도 달랐고 뇌 손상 경중도 달랐고 뇌사 상태가 지속된 기간과 뇌사 판명 타이밍도 달랐습니다. 컴파일러님과 페어링한 기간도, 페어링 후 뇌의 학습 기간도 달랐어요. 수많은 시도를 했지만, B 씨는 어떤 자극에도 반응하지 않는 상태에 빠졌습니다. 어떤 연구원들은 B 씨는 의지가 약했기 때문이라고 추측하기도 했답니다.

B 씨는 그나마 작은 성과가 있는 케이스에 속합니다. 다른 이들의 상태는 더 복잡했거든요. C 씨는 페어링 직후 눈을 떴지만, 그 후 싱크로율이 점점 저하되더니 컴파일러와 완전히 상이하게 산만한 뇌전류 분포도를 보였습니다. 운동 기능까지는 구사하지 못한 채 독자적인 패턴만 보였죠. C 씨 가족들은 연구소의 비인도적 실험 때문에 C 씨의 뇌 손상이 가속되었다며 페어링이 심각한 고통을 수반한다고 주장했습니다. 뇌 손상과 행동 괴리가 가속되자 C 씨를 지켜보는 가족들도 괴로워했습니다. 차라리 그를

죽게 두었어야 한다고 말하는 사람도 있었습니다. C 씨가 자살시도자였기 때문입니다.

부정적인 소문이 퍼지면서 연구소 분위기도 일변했습니다. 애초에 뇌사자에게 라메드파 자극만 가했다면, 혹은 우리 연구원들의 주요 전공처럼 뇌파로 사물을 움직이는 연구에만 머물렀다면 윤리적 문제를 피할 수 있었을 겁니다. 그런데 인간의 뇌파 움직임을 고스란히 재현한 인공 뇌를 만들었는데 그 뇌가 자아를 갖게 된다면 그건 사물인가요, 인간인가요? 연구소가 탄생시킨 제삼 씨는 인공적인 존재입니까, 아니면 신이 빚은 존재입니까? 아니면 그냥 우연히 생겨난 존재일까요? 연구소는 왜 이토록 논쟁적이고 소모적인 시도에 올인했을까요? 결국 돈 때문이었을까요?

연구소 지하에는 한두 마디 말로 규정하기 애매한 존재들이 누운 침상이 속속 늘어갔습니다. D 씨 가족은 육신 없이 장례식을 치렀고 연구소의 간곡한 부탁을 수용해 D 씨 시신을 연구소에 기증했습니다. 연구소 지하 안치실엔 D 씨처럼 가족과 사회가 이미 죽었다고 여긴 사람이 몇 명 더 있었습니다.

어차피 한 번 죽은 사람이었는데 억지로 살리려다 실패했다고 여겼지요. 가족과 지인들이 충분히 마음의 준비를 한 상황이기에 이곳에서 맞는 두 번째 죽음은 비교적 순조롭게 확정되었습니다. 이렇게 남은 자들을 연구소는 연구용으로 기증받은 시신이라 여겼습니다.

이곳에 누운 이들의 뇌는 학습은커녕 거의 반응을 보이지 않았습니다. 그러니 의견 표현을 하거나 항의하는 일도 없었지요. 이들 중 누군가 누운 상태래 제삼 씨처럼 새로운 자아를 발현시킨대도 아무도 알아채지 못할 겁니다.

임상 실패작, 장례를 치르고 사망 신고를 했기 때문에 사회적으로는 완전히 사라진 존재들이었습니다. 이들의 상태를 들여다보는 사람도 없었지요. 담당 케이스가 늘어 연구원들은 모두 야근을 이어가며 피폐해졌으니까요. 중요하든 사소하든 아무런 문제가 눈에 들어오지 않을 정도로 모두 과로하고 있었어요.

데일리 보고서 작성을 위해 저는 지하 안치실에 매일 들렀습니다. 그때도 그게 제 업무였어요. 시신이라고 불리는 존재들의 잔여 뇌파 패턴을 확인하는 거였습니다. 누워 있는 이들의 얼굴을 보지 않으려고 노력했어요. 모두가 인간이 아니라고 말하는 존재들이었습니다. 이들을 인간이라고 부르면 그 일에 관여한 연구소와 우리 자신의 윤리적 문제가 드러나는 존재니까요.

그랬습니다. 당신과 여러분은 자신의 의지와 상관없이 실패한 실험 속에 놓인 존재들이었어요.

여러분은 불완전할지언정 미약하나마 뇌파를 발산하고 있었습니다. 라메드파 추가 자극을 가했기 때문일까요. 생체 활동 시그널이 완전히 제로는 아니었어요. 몸을 동그랗게 말고 있는 고양이는 언제부터 저 상태였을까요. 실험실 초창기부터 가장 오래 연구소에 머물렀던 터줏대감 토끼는 여전히 붉은 눈을 똥그랗게 뜨고 있었습니다. 강아지는 털색깔이 전보다 더 흐려져 그새 나이 든 것만 같았어요. 움직이진 않았지만 완벽하게 소멸한 자들은 아니었습니다. 아무도 살아 있는 생명이라고 불러주지 않았지만 거기에 있었어요. 모두 간신히 세상 끝에 매달려 있었지요.

그리고 매일 눈을 부릅뜨고 있는 주희 씨 당신이 그곳에 누워 있었습니다. 지하 안치실에 내려올 즈음 피부 괴사가 진행되어 온몸이 거무죽죽해진 당신, 연구소 남성 몇몇은 당신을 아줌마 좀비라고 불렀지요. 여성 직원들이 호칭에 항의하자 경멸이 아니라 친밀함이라고 하더군요. 그러더니 이모 좀비라고 부르기 시작했어요. 좀비라는 용어는 그대로였지요.

　당신은 영화 속에서 보아왔던 스테레오 타입의 좀비 모습 그대로였어요. 자신의 의지라곤 없는 존재, 되는대로 몸부림을 치지만 의사 표현은 하지 못하는 존재, 빛과 소음에 따라 이리저리 신경이 쏠릴 뿐 어떤 행위도 제대로 수행하지 못하는 존재, 죽었지만 완전히 죽진 않은 존재…….

　영화 속 설정처럼 당신이 인간의 살점을 탐하는 건 아니었지만요. 위험을 제거한다는 이유로 이빨과 턱, 손톱이 모조리 뽑혔기 때문에 욕망이 없는 걸로 보인 걸까요. 그랬을지도 모릅니다. 당신의 마음과 욕망, 판단력 유무와 상관없이 어쨌든 당신은 계속 좀비라고 불렸습니다. 아무도 당신의 실제 이름을 알려고 하지도 않았고 다른 명칭을 만들려고 하지

© LEE SU JUNG

도 않았어요. 그때 알았습니다. 이름이 없는 것, 혹은 안일하게 불리는 수많은 이름은 무자비의 소산이라는 걸요.

동체가 침상에 단단히 결박된 채 당신은 인공 혈액과 영양 수액을 계속 주입받고 있었습니다. 호흡과 대사를 유지하는 최소한의 처치가 계속 이어졌습니다. 당신은 렘수면 꿈을 꾸는 것처럼 강한 뇌파를 보였습니다. 꿈을 꾸지 않는 순간, 깨어 있는 걸로 보이는 뇌파는 하루 두어 시간 정도 관찰되었어요. 그 두어 시간 동안 안치실에서 마주친 당신은 특이한 동작을 보였습니다.

당신은 특정한 동작을 반복했어요. 누운 상태로 팔을 천천히 들어 올렸다가 침상에 손을 떨어트리는 단조로운 움직임을 반복해 보였습니다. 쿵, 하는 둔탁한 소리가 반복해서 안치실에 울려 퍼졌습니다.

당신은 동물을 제외하고 안치실에 가장 오래 머문 사람이었습니다. 저는 당신과 눈을 맞추지 않으려 애쓰며 매일 당신의 몸을 관찰했어요. 피부 괴사로 손끝 발끝은 뭉툭하게 뭉개졌지요. 한때 부드러웠을 몸은 흘러내릴 것처럼 썩어가고 있었습니다.

신체 기능은 비가역적으로 보일 정도로 악화되어 가고 있었어요. 생명의 불씨는 당장에라도 꺼질 것 같았지만 당신은 그 상태로 오래 버텼습니다. 줄곧 살아 있었던 겁니다. 당신의 상태를 생이라고 부를 수 있다면 말이죠.

저는 당신의 상태를 하루하루 기록했습니다. 아무도 보지 않는 보고서 가장 마지막 부분, 주요 토픽 난에 전날과 다름없다고 적었습니다. 모두 별일 없다고 생각했을 거예요. 모두가 곧 죽을 거라 확신하는 사람이 전날과 다르지 않은 상태를 유지하고 있는데도 말이죠. 제 판단을 들어보자는 사람이 없는 곳에서 구태여 저의 의견을 언급할 필요도 없었지요. 그저 전날의 데이터와 대조해 건조한 기록을 적을 뿐이었습니다. 보고 체계라는 형식 안에 숫자로만 남은 기록은 참 매정했어요. 아무도 듣지 않는 곳을 향해 정보를 던질 때마다 제가 하는 일의 가치나 의의를 생각하지 않으려 애썼습니다.

당신을 비롯해 안치실에 누워 있는 존재들에 비하면 제삼 씨는 기적적으로 성공한 사례입니다. 그는 몸을 지켰고 사회적 존재를 유지했으며 심지어 김영일의 이전 삶을 활용하면서 새로운 자신을 만나고 있으니까요. 제삼 씨는 요즘 새로운 공부에 재미를 붙였다고 합니다. 운동도 시작했다더군요. 맥주 마시며 지켜보는 야구가 최고라며 부푼 배를 두드리던 영일 씨와는 전혀 다른 선택이었어요. 근력의 한계를 체감하고 싶대요. 감각을 체감하고 익히기 위해서도 필요하다면서요. 영일 씨는 유치원 때부터 영어 공부는 딱 질색이었다고 했는데 제삼 씨는 영어와 스페인어, 중국어를 조금씩 습득했다고 합니다. 외국어를 하나 배우면 새로운 언어 습득 패턴을 익힌다고 하잖아요? 영일 씨가 평소 구사하던 언어를 제삼 씨가 구현하게 된 건 마치 외국어 학습과 비슷했으려나요.

당신이 제삼 씨처럼 되지 못한 건 그냥 우연이겠지요? 다른 수많은 케이스가 실패라고 결론이 났는데 제삼 씨가 성공적으로 탄생한 것도 우연일 거고요. 선천적이고 자연적인 요소도 운이고 후천적이고 인위적인 환경도 운인 세상이니까요. 당신에겐 운이 없었다고 생각하니 마음이 쓰립니다.

요즘 제삼 씨에게선 이전 영일 씨의 모습을 거의

찾아볼 수 없어요. 걸음걸이와 말투, 성격, 능력, 습관, 체력, 모든 게 달라졌어요. 곧 남편의 은밀한 계획이 시작되는 건지 미스터리 소설 같은 상황을 상상하기도 했어요. 하지만 제 남편은 치밀한 사람은 아니었습니다. 어떤 계획을 위해 1년 넘게 연기를 지속할 성격도 아니었지요. 저는 정말로 마음을 놓게 되었습니다. 그는 제삼 씨가 되었고 더 이상 제 남편이 아니라고요.

남편과 제삼 씨가 독자적인 존재라는 생각 끝에 문득 궁금해집니다. 당신은 어떤가요? 저기 여전히 누워 있는 당신을 봅니다. 그 몸에 깃든 의식과 인격 또는 영혼이 있겠지요. 지금 저와 함께 생을 공유하는 당신과는 별개의 존재인가요?

근 1년 가까이 저는 당신의 생체 리듬을 점검하고 뇌파를 확인했습니다. 당신 몸은 특정한 의지를 계속 표현하고 있었습니다. 뇌파 때문에 알아차린 건 아니었습니다. 당신의 강렬한 뜻과 의지를 알아차린 건 그야말로 우연이었어요. 마침 제가 그 자리에 있었고 담당 업무 때문에 당신이 처한 상황을 다

른 사람보다 오래 지켜볼 수 있었으니까요. 하지만
같은 팀에서 업무를 협업하며 당신을 관찰하던 다
른 사람 중에서 오직 저만 알아본 것도 사실입니다.
제가 특별히 영민한 인간은 아니란 거 당신도 아시
지요? 평소에도 멍하니 딴생각을 하는 게 제 취미거
든요.

렘수면 상태가 아닐 때 당신이 보이는 반복적인
몸짓을 가만히 지켜봤습니다. 손끝으로 매번 같은
모양을 그리고 있었죠. 당신은 누운 상태로 천근만
근 무거워 보이는 팔을 공중에 띄우고는 찌그러진
원을 그리듯 공중에서 팔을 약간 휘두른 뒤 다시 침
상 위로 툭 떨어트렸습니다. 깨어 있는 시간 당신은
이 동작을 반복했습니다. 눈을 부릅뜨고 있어서 기
괴해 보였어요. 팀원들은 좀비 영화 속 엑스트라가
허우적거리며 연기하는 것 같다고 말했어요.

당신의 동작을 매일 지켜봤습니다. 딱히 무언가
집으려는 동작도 아니고 가까이 있는 인간의 살을
먹겠다고 움켜쥐는 동작도 아니었어요. 되는대로 아
무렇게나 손을 뻗었다가 떨구는 것도 아니었고요.
반사적인 경련도 아닌 걸로 보였습니다. 무작정 허

74

우적거리는 거라면 훨씬 불규칙하고 난삽한 궤적을
그릴 거예요.

당신 손끝을 따라서 쭈욱 선을 그려보았습니다.
이상한 문자처럼 보였지요. 한글이나 알파벳은 아닌
것 같고 음악 기호 같아 보이기도 했어요. 그러다 획
을 하나 지워봤어요. 공중에서 원을 그리듯 팔을 휘
두른 뒤 바닥에 떨구었을 때, 바닥에 떨어지면서 만
든 획은 당신의 의지와 상관없이 힘없이 떨어진 거
아닐까, 하고 생각했거든요. 마지막에 바닥에 떨어
진 순간의 획을 지우고 다시 획을 그려보았죠. 규칙
성 속에 당신의 의도가 있다고 상상하면서요. 그러
자 비로소 기호가 하나 드러났습니다.

'p'

알파벳 P? 무슨 뜻이지? P를 떠올리며 당신의 반
대쪽에 서서 다시 궤적을 바라봤습니다. 상대방에
게 보이도록 무언가를 그리고 있는 거라면……?

'9'

그건 숫자 9와 비슷한 모양이었습니다.

9라니? 아홉? 열에서 하나가 모자란 숫자? 한 자
릿수 중에서는 가장 큰 숫자를 뜻하나? 아니면 아

홉 번 반복된다는 뜻인가? 혹시 고양이나 구미호처럼 아홉 개의 목숨을 가지고 있다는 뜻인가? 9와 관련된 퀴즈나 게임, 혹은 속담 따위를 쭉 검색해보았어요. 그러다 한가지 생각에 닿았습니다. 9, 求, 救……. 혹시 구해달라는 뜻일까? 도와달라고 SOS까지 그리기에는 힘에 부쳤을까?

저는 당신에게 가까이 다가갔습니다. 당신의 뇌파 패턴을 관찰하고 보고하는 직원으로서가 아니라 당신이 발신하고 있는 신호를 짐작한 한 인간으로서. 그리고 말을 걸어보았어요. 그곳 지하실에서 대화를 시도하는 건 그때가 처음이었어요. 그곳은 줄곧 지하 안치소라고만 불렸으니까요.

"혹시, 제 목소리가 들리세요?"

당신은 반응하지 않았습니다. 매번 부릅뜨고 있던 눈도 꼭 감긴 채였어요. 함부로 몸을 만져 흔들어 깨울 수도 없었습니다.

"제가 뭘 어떻게 하면 좋을까요?"

그 순간이었습니다. 당신이 눈을 감은 채로 팔을 갑자기 치켜들었습니다. 저는 깜짝 놀라 한발 물러섰습니다.

이번에 당신은 직선적인 획을 그었습니다. 치켜든 양손을 당신의 오른쪽 옆으로 사선을 그리듯 움직였고 낮은 곳에서 수평으로 왼쪽 옆으로 이동했습니다. 그리곤 팔을 떨궜습니다. 그 자리에서 당신은 처음 보인 그 동작을 여러 번 반복했습니다. 9라는 숫자를 짐작해본 것처럼 이번에도 팔을 떨구면서 생긴 획은 지우고 당신 팔이 그리는 획을 선으로 이어 보았습니다. 그건 4라는 숫자로 보였어요. 구해달라고 하더니……, 4, 死, 죽고 싶다는 뜻일까요?

멋대로 추측한 해석이지만 당신의 의향을 이해했다는 생각이 들었습니다. 적어도 지금 이곳에선 제가 당신의 뜻을 이해하는 세상의 유일한 사람일 거란 생각도 들었고요. 그 순간 말할 수 없이 미안했습니다. 연구소와 세상이 당신의 사회적 존재를 말소시키고 당신 뜻과 무관하게 당신을 이곳에 머물게 했으니……. 미안하다고 전하고 싶었습니다. 당신이 들을 수 있는 방식, 당신이 이해할 수 있는 방식으로요. 한계를 끌어안고도 당신은 의지를 표현했고 다소 오해가 있을지는 몰라도 제게 전해졌으니 단순하게나마 우리가 소통했다고 믿었어요.

당신을 아주 조금 이해했다고 생각하자 안치소에 누운 다른 존재들이 모두 내 눈 깊은 곳으로 파고들어 심장을 두드리기 시작했습니다. 그곳에 누운 많은 사람이, 동물들이 말없이 아우성치고 있었습니다.

그곳에 머문 분들은 한눈에도 힘들게 살아왔던 사람들이라는 걸 알 수 있었습니다. 연구소가 상당히 큰 사례금을 치렀을 때 가족들도 고민이 컸을 겁니다. 장기 기증 시기를 놓쳐 장례를 치르는 것 외에는 다른 방법도 없었겠지요. 당사자나 그 가족이 사회적 지위가 높은 사람들은 시신일지라도 예를 갖춰야 한다고 여겼어요. 결국 제때 필요한 치료를 못 받거나 건강 관리를 못 했던 사람, 사고에 적절한 대응을 못 한 사람, 잘못된 진단 때문에 병원을 전전하다 중요한 타이밍을 놓친 사람, 처치에 적극적으로 최우선 되지 못한 사람들만 연구실 안치소에 남은 거예요. 가난한 사람들과 여자들과 노인, 그리고 보호자가 없는 미성년자들, 유기된 동물들이 대부분이었습니다. 살아서도 죽어서도, 또한 반쯤 살아서도 반쯤 죽어서도, 언제나 가장 먼저 밀려나는 존재들이었죠.

제 처지 역시 사회적 강자라고 부를 순 없어서인

지 안치소에 계신 분들이 측은했어요. 남 일 같지 않다는 생각도 들었어요. 아득바득 권리를 챙기는 일엔 도무지 자신 없으니, 가까운 곳에 힘 있는 사람들이 없는 나, 언젠가 죽을 때 나 역시 세상에서 제일 외롭고 쓸쓸하게 떠날 거라고요. 만약 남편의 승인으로 뇌사한 제 몸이 안치실로 보내진다면? 영일 씨라면 인생에서 자신의 연구와 실적을 최우선으로 하는 사람이니 충분히 그럴 수도 있거든요.

온갖 상상을 하다 보니 이젠 마치 제가 누워 있는 것처럼 생각됐어요. 죽고 싶어도 죽지도 못하고 강제로 결박되어 있다니, 그게 나라고 생각하니 몹시 슬펐어요. 무슨 일이든 해보고 싶었어요. 당신의 선택을 돕고 싶었어요. 만약 당신이 죽고 싶다고 말한다면 죽게 하고 싶었고 당신이 살고 싶다고 말한다면 살게 하고 싶었어요. 제가 할 수만 있다면요.

야근을 이어가던 어느 밤, 저는 감시 카메라 각도를 피해 당신 곁에 보조 침대를 두고 누웠습니다. 그리고 당신의 뇌를 컴파일러로 설정해 저의 뇌와 페어링을 시도했습니다. 그게 남편이 사고를 당하기 직전 제가 몰두했던 '개별 연구'였습니다. 누 달 정도,

당신이 잠들지 않은 시간 세 시간 동안 우리는 접속했습니다.

당신의 뇌파로 제 몸을 움직일 수 있다면 할 수 있는 의사 표현을 해보라고 메모를 적어두었어요. 당신이 어떤 행동을 할지 가늠이 되지 않았어요. 그래서 10분 후 강제로 접속 해제되도록 시간도 제한해두었어요. 몸을 잠시 빌려준 바람에 완전히 저를 잃어버려선 안 되니까요. 제게 기기를 함부로 만지지 말라고 호통쳤던 분들은 모르셨을 거예요. 3년이면 서당개가 아니라도 익숙해지는 일들이 아주 많다는 걸요. 자신의 일을 지나치게 특별하다고 생각하면 다른 이들의 일은 너무도 평범하고 무가치하다고 생각하기 쉽지요.

정기적으로 브레인 페어링을 반복하기 시작한 지 얼마 후, 제 몸을 통해 당신이 눈을 떴습니다. 당신은 제가 남긴 메모를 보았고 조금씩 손끝을 움직였습니다. 당신이 제 몸을 움직이는 동안 저는 잠시 의식을 누르고 당신의 행동을 주시했습니다. 만약 위험한 행동을 취한다면 당장 나서야 했어요.

그때 당신이 제 몸을 통해 가장 처음 취한 행동

은 주저앉아 온 힘을 다해 우는 일이었습니다. 짧은 시간 동안 많이 울었지요. 당신에게 제 몸을 맡기고 당신을 주시하며 저도 당신을 느꼈습니다. 제 몸을 통해 당신의 감정이 터져 나왔어요. 당신 뇌의 움직임을 재현하면서 저도 함께 울었습니다. 페어링된 상태로 저도 당신과 똑같은 경험을 했습니다. 당신은 저의 컴파일러가 되었고 저는 당신을 저의 일부인 것처럼, 마치 나 자신인 것처럼 느꼈습니다. 제 몸의 반응은, 제 눈에서 흐른 눈물은 두 인격이 함께 울며 만들어낸 거였습니다. 특이한 경험이었습니다.

그 후 저는 저의 몸을 당신에게 허락했습니다. 저는 당신과 제 생을 공유하게 되었어요.

페어링 시간을 조금씩 늘리며 저는 점차 주희 씨 당신에 대해 알아가게 됐습니다. 당신도 저의 몸을 움직이면서 저에 대해 조금씩 알게 되었지요. 뇌사자가 아닌 임상 케이스, 일반적으로 동작하는 사람의 뇌와 페어링하는 케이스를 연구소는 정말 생각하지 않았던 걸까요? 연구자들은 언제나 예외 케이스를 중요하게 생각하던데, 희한하더군요.

염려했던 것과 달리 주희 씨 당신은 제 몸을 차지하려고 하지 않았습니다. 만약 당신이 제 몸을 숙주 삼아 저를 잠식하길 원하면 어떡하나 걱정했거든요. 한번 페어링 된 뇌파를 대상자의 뇌에서 제거하는 방법까지는 모르니까요. 그만큼 리스크가 큰 선택이었습니다. 누군가는 무모하다고 미쳤냐고 말했을 거예요. 당신은 그저 당신을 받아줘서 고맙다고 말했어요. 당신 자신으로부터 파생된 또 하나의 당신이 내 안에 스며들었습니다. 이런 식으로 타인과 동거하게 될 줄은 몰랐지요.

당신은 조금씩 제 몸에 익숙해지기 시작했어요. 당신이 저의 뇌를 움직일 때 저는 완전히 다른 인격을 느꼈습니다. 그럴 때면 저는 움직임과 의지를 잠시 멈췄습니다.

당신과 나는 하나의 뇌를 두 가지 방식으로 구사했습니다. 제가 행동하고 말하는 동안 당신이 잠시 멈췄지요. 당신이 제 몸을 움직이는 동안에는 저 역시 잠시 멎었습니다. 마치 잠을 청하듯 편안하게 다음 순서를 기다렸습니다. 우리는 몸을 공유하며 생을 나누게 되었습니다. 몸이라는 집을 셰어한 룸메이트라고 할까요?

우리는 교대로 뇌를 움직이며 대화했습니다. 저
만 있는 채팅방에, 그리고 제 다이어리 속에 대화를
남겼지요. 다른 이가 봤다면 그냥 혼잣말로 보였을
겁니다.

그때 당신은 누워 있는 자신의 몸을 내려다보며
말했어요. 그 안에도 여전히 당신 자신이 존재한다
고 표현했어요. 몸을 떠났으니 사후 영혼이 된 것 같
다고요. 제 몸에 깃든 당신이 주희 씨와는 또 다른
인격인 것 같다고도 말했지요. 괴사하고 있는 몸에
갇힌 주희 씨를 떠나보내 주고 싶다고 생각했지만,
인위적으로 죽음을 앞당기지는 못하겠다고도 말했
지요. 자신에겐 그럴 권리가 없다면서요. 그건 신의
영역일 거라고 말했지요. 할 수도 있지만 일부러 선
택하지 않는 일들도 있다면서요. 그래서 우리는 주
희 씨의 생명의 불이 완전히 몸에서 꺼지는 순간까
지 주희 씨 몸을 소중히 돌보기로 했습니다.

기묘한 동거를 함께 하는 사이, 저는 당신에게 큰
신뢰를 품게 됐어요.

처음엔 잠깐 몸을 빌려줬다고 생각했어요. 원래

83

이 몸은 내가 주인이니 당신에게 침탈당하거나 잠식당하면 안 된다는 생각에 바짝 긴장하기도 했어요. 당신과의 일을 주도하는 자는 당연히 저여야 했습니다.

그런데 어느 날 상황이 반전되었지요. 연구소 업무가 무의미하게만 느껴지고 동료들의 무례함에 극심한 피로를 느껴 완전히 방전된 순간, 당신이 저 대신 몸을 움직여 필요한 일을 수행해줬잖아요. 당신은 저를 연기하듯 제 일을 해줬어요. 저를 침탈한 게 아니라 저를 도와줬지요. 제가 하지 못하는 일을, 제가 어려워하는 일을 대신 감당해주었습니다. 다른 사람의 모욕적인 언행을 대할 때마다 온몸이 찌그러지는 것처럼 괴로웠을 때 당신이 나서줬어요. 그때 당신은 저를 쉬게 했고 저 대신 움직였습니다. 상황을 모면해줬고 모욕을 듣고 흘려버려 줬어요.

사람들이 말하는 걸 들었어요. 박이혜 씨가 조금 달라졌다, 달관한 것 같다, 전보다 스트레스를 덜 받는 것 같다고요. 의연해졌다고요. 친구들은 제게 새로운 상대가 생겼냐고 묻기도 했고 동료들은 저의 말투가 변했다며 당황하기도 했지요. 어떤 변화인지 무슨 계기로 변했는지 묻는 사람이 없는 건 좀 아쉬웠지만요.

저는 이전과 똑같아요. 무례하고 괴팍한 사람들의 무심한 말 한마디에 자존감을 난도질당하곤 어쩔 줄 모르는 소심한 박이혜 그대로입니다. 헤드라이트에 경직되는 작은 양처럼 스트레스 앞에서 꼼짝달싹 못 하는 심약함도 이전과 같았지요. 제게 당신이 있다는 사실만 이전과 달랐습니다.

저는 점점 당신에게 의지하게 됐답니다. 괴롭고 도망가고 싶을 때 저는 움직임을 멈추고 당신이 나타나기를 기다렸습니다. 당신은 기꺼이 저를 대신해 나서줬고 저를 지켜줬습니다. 당신에 대한 신뢰가 커지는 만큼 당신의 뇌 패턴이 나타나는 시간도 길어졌지요. 피하고 싶은 상황은 늘 있으니까요. 당신이 활약하는 동안 저는 모든 외부적 상황을 차단하고 제 안에 침잠했습니다. 살면서 이런 때가 없었다 싶을 정도로 평화로웠어요.

당신이 저를 차지하거나 혹은 제가 당신을 소멸시키기 위해 갈등하는 일은 없었습니다. 우리는 분쟁을 겪지 않았어요. 아이러니하게도 서로가 자신을 주장하지 않으면서 공존할 수 있었지요. 어느 순간 이대로 저를 포기할 수 있다는 각오까지 생기더군요. 나 자신이 당신으로 대체되어 소멸된다 해도 전혀 아쉽지 않았어요. 한때는 세상만사 모든 게 무의미해 그저 죽고 싶다고 생각했던 때도 있었지만 그때 느꼈던 허무함과는 조금 달랐어요. 일종의 변모인 것 같았지요.

'내가 반드시 나여야 할까?'

'사람들이 박이혜로 인지한다면 내면이 내가 아니더라도 주희 씨도 결국 내가 되는 게 아닐까?'

나라는 자아가 불변하는 상태로 영원히 지속되지 않아도 상관없지요. 이제 내가 당신이 되고 당신이 내가 되는 거예요. 우리는 새로운 존재가 되어 변신할 거예요. 멋진 일 아닌가요?

당신과 삶을 공유하면서 생각해봤어요. 사람은 언제나 변하잖아요? 줄곧 나라고 믿었던 존재가 내가 아닌 것이 되는 일, 내가 의식해왔던 이전의 존재가 사라지는 것도 성장이나 변모의 한 방식은 아닐까요? 소심하고 무력하던 내가 다른 존재가 된다니 멋진 일이잖아요? 알고 지냈던 사람이 어느 날 몰라보게 외양이 바뀌거나 개과천선한 것처럼 전혀 다른 인격이 되는 일도 평범하게 일어나잖아요? 저는 당신과 살면서 자신에 대해, 타인에 대해, 그리고 세계에 대해 새롭게 생각하게 됐어요.

그러고 보면 다들 누군가와 자기 브레인을 연결하고 있지 않나요? 우리 연구소 페어링 기기가 없어도 그러잖아요? 타인이 발신한 직간접적인 외적 자극에 영향받아 뇌 패턴을 움직이며 살고 있잖아요? 생각이나 판단이라는 것도 물리적으로는 몸에서 발생한 전기 신호에 불과할 터인데요. 따지고 보면 내가 선택했다고 믿는 모든 일도 이전의 경험과 타인의 영향을 축적해 자기식대로 반복하고 있는 거 아닌가요? 자기 선택이니 주체적이라고 믿을 뿐 우리 뇌는 이미 외부와 페어링된 상태는 아닐까요?

주희 씨에 대한 신뢰가 커지면서 저는 당신에게 저의 선택을 다 맡기기로 했습니다. 이건 절 포기하는 선택이 아니라 강렬한 의지에서 나온 결정이에요. 당신이 저로 살아가는 시간이 길어질수록 우리는 융합해 새로운 내가 되는 거예요. 새로운 저를 만날 수 있게 해준 딩신에게 고마웠어요. 앞으로도 줄곧 그래도 좋을 것 같았어요. 저는 오래 잠들기로, 그래서 결국 스스로 소멸하기로 정했습니다. 아무도 눈치채지 못할 거예요. 주희 씨 당신이 있는 한, 저는 살아있는 걸로 보일 테니까요.

그즈음 당신의 존재를 가장 예민하게 알아차린 건 역시 남편이었습니다. 제삼 씨가 아니라 영일 씨였던 시절이었지요. 당신과 한 몸을 공유하고 있는 걸 그가 알아챈 것 때문에 결국 그날 사고로도 이어진 거고요.

연구소에서 영일 씨가 말을 건 순간, 당신은 사무적인 미소를 보였다지요? 당신이 영일 씨에게 보인 차분한 미소를 보고 남편은 이상하다고 여겼지요. 그 장면을 상상하면 너무 재밌어요. 그날 당신이 제게 메모를 남겼습니다.

— 우리 뒷자리에 앉은 김영일이란 남자가 둘만 있을 때 몸을 밀착하며 다가와요. 그 남자, 자기가 엉큼하다는 자각이 없는 것 같으니 조심하세요!

당신이 남긴 메모를 보고 저는 웃음을 터트렸습니다. 귀가 후에 당신은 저의 사생활을 존중해 존재를 드러내지 않았고 그래서 남편의 얼굴도 몰랐지요. 개인적인 일도 미리 공유했어야 했는데 미안해요. 당신은 어쩜 그렇게 제 안전만 생각해주시나요? 남편 일이 제게 안전하지 않을 수 있다는 걸 알아준 사람은 결혼 후 당신이 처음이에요.

그사이 영일 씨는 우리를 속속들이 관찰했나 보더군요. 그리고 당신이 드러나는 타이밍이나 정황까지 알아챈 모양입니다. 주희 씨는 예전에 화학을 전공하고 산업안전 근로감독관으로 일했었다지요. 담당 지역의 위험천만한 공단에서 선제적으로 환경 감독을 감리해 직장에서나 현장에서 미움을 많이 받았다고 하셨지요. 당신의 뇌사 사고와 연관성이 예상되는 기사를 한참 바라보았습니다. 그 시절 당신의 활동을 보니 당신에 대한 신뢰가 더 커졌어요. 당신이 살아온 방식이 제 몸을 통해 재현된다니, 오묘한 연속성을 생각하니 벅찼습니다.

당신에게 모든 걸 맡긴 뒤 무아의 상태로 쉼을 얻는 시간이 좋았어요. 이대로 영원히 잠든대도 아쉽지 않더군요. 솔직히 반복되는 일상은 피곤했고 끝없는 노동은 끔찍했어요. 소소한 행복을 주구하면

서 작은 것에 의미를 두는 삶도 구차하다고 자주 생
각했지요. 자기실현은커녕 월급을 위해 온갖 부조리
와 불합리를 감수해야 하는 회사 일도 무의미하게
만 느껴졌어요. 쳇바퀴 돌다 죽어가는 인생이겠구
나 싶었죠. 그런데 당신이 괴롭기만 한 노동을 나눠
줬잖아요. 두 사람이 하나의 일을 수행한 셈이에요.
당신이 자주 농담했어요.

　—우리 둘이 일하는데 월급을 두 배로 받아야
하지 않을까요?

　채팅룸이나 스마트폰 메모장에 당신이 기록을 자
세히 남겨주었지요. 당신이 몸을 움직여 만들어낸
제 하루를 지켜보는 일도 꽤 재밌었어요. 저도 당신
에게 답을 남겼지요.

　—어차피 사람들은 상대의 속을 보지 않잖아요.
세 사람 몫을 수행해도 당연하게 여길걸요? 저이들
이 우릴 보는 시선을 바꿀 생각이 없다면 우리가 아
예 존재를 바꿔버리는 게 낫겠죠. 지금 우리처럼요!

　당신 덕에 모멸감뿐이었던 회사 일에서 조금 해
방되었어요. 인생의 의미를 새롭게 발견한 건 아니
었지만요. 당신이 일해준 뒤 저녁에 나로 돌아오면

피곤하긴 마찬가지더군요. 아무 일도 하지 않았으니 더욱 무기력했고요. 보람없이 피로만 느끼는 하루하루가 흘렀어요.

—주희 씨, 생에 아무런 의미를 느낄 수 없어요. 어차피 몸은 여기 묶여 있는 거잖아요. 잠시 소멸할 뿐 자유롭게 어디든 떠날 수 있는 것도 아니고요. 답답해요.

당신은 내게 다정하게 조언해주었습니다. 안치실에선 당신의 성별과 나이, 성격 같은 걸 제대로 상상할 수 없었는데 당신은 정말 속 깊은 친구, 눈높이가 같은 큰 언니 같은 심성이었어요. 그래서 제가 더 안정감을 느꼈나 봐요.

—이혜 씨, 힘든 일은 제가 할게요. 즐거운 일만 생각해요. 가고 싶은 곳이 있으면 말해요. 우리 재밌는 일만 골라서 하면서 살아요.

그러면서 당신은 제게 말했지요.

—조금이라도 제가 도움이 되면 좋겠어요. 당신 삶의 일부로 절 받아주신 일을 꼭 보답하고 싶어요.

당신은 박이혜로 살며 자신만의 두 번째 인생을 꿈꾸지 않는다고 했지요. 잠 이상한 일이에요. 당신

91

과 저는 우리 자신을 아득바득 드러내고 욕망하는 일에 왜 이토록 허술한 걸까요?

어렸을 때부터 저는 언제나 주위에서 좋은 평가를 들어왔어요.

신중한 아이.

큰소리 내지 않고 문제를 일으키지 않는 학생.

조신하고, 조용한 여자.

평가를 하는 사람들은 조신하거나 조용하다는 말을 들으면 화가 난다는 걸 알긴 알까요? 앞으로의 모습까지 강요받는 것 같은 기분이었어요. 계속 조용히 살라고 말이죠. 그 말에 항의하거나 의견을 내면 돌변했다거나 종잡을 수 없단 얘기나 들을 거고요.

그러니 상대의 의도를 파악해 저를 잘 감춰야 했어요. 이런 말을 하면 쓸데없이 문제를 크게 만든다는 얘길 들을 거야. 자기는 그런 뜻이 아니었다며 과하게 왜곡했단 얘기나 들을 거야. 결국 미움받을 거야……. 돌아올 답까지 뻔히 그려졌지요. 근데 저는 언제부터 시끄럽게 굴었어야 했을까요? 표현하지 않는 일이 저 자신이 된 것은 어느 시점부터일까요? 지금부터라도 제가 원하는 방식으로 남들에게 평가

받을 수 있도록 성향이나 성격을 바꾸는 건 가능할까요? 어렵겠지요? 줄곧 의견을 억누르며 살아왔는데 이제 와서 뭔가 욕망하는 방법을 모르는 것도 당연하지요.

줄곧 두려웠나 봐요. 나답게 살고 있다고 체감할 수 없는 삶, 그나마 당신에게 저를 맡기고 나서 저는 무리한 욕망 대신 자아가 변모하는 성장을 경험했습니다.

영일 씨는 제 자아가 완전히 누군가에게 잠식당했다고 여겼습니다. 억지로 숨죽이는 일을 그만두고 몰아 상태가 되었을 뿐인데 말이지요. 그와 함께 살며 저 자신을 억누르며 살았을 때는 아무 말도 하지 않더니 말이죠.

어느 날 퇴근 후 소파에 누워 잠든 저를 남편이 흔들어 깨웠습니다.

"너 누구야? 우리 이혜 어디 갔어? 말해!"

그 시점에 남편은 제가 완전히 다른 인격이 되었다고 여겼습니다. 저보고 분열적인 상태라고 말했고 치료가 필요하다고 말했지요. 자아를 잃어버렸다고요. 저는 남편에 어깨를 붙잡힌 재 마구 흔들리며 천천히 답했지요.

"변하고 변해서 또 다른 인격이 되어가는 것도 나 자신이라며? 그걸 다 합쳐서 나라고 하는 거라고, 전에 자기가 말하지 않았나?"

자기가 전에 했던 말을 반복했을 뿐인데 남편은 무섭게 화를 냈습니다. 그러더니 죽일 것처럼 제게 달려들었어요.

"우리 이혜를 네가 쫓아내고 차지한 거야? 너 도대체 누구야?"

웃기는 상황이었죠. 남편은 진짜 박이혜를 보며 누구냐고 추궁했던 겁니다. 몰아 상태에 머물며 인생의 그 어떤 시절보다 저답다고 여기던 순간에 말이에요. 저는 반론했어요. 제 목소리로, 박이혜로서요.

"자기야, 넌 내가 변하는 걸 원치 않는구나? 한결같이 조용한 마누라로 살길 원해? 왜? 너의 세계가 불변하고 안정적이라는 걸 확인하기 위해서? 내가 원해서 변했다니까. 너는 왜 그걸 두려워하지?"

남편은 공포에 질린 눈을 보였습니다. 남편 표정이 너무 웃기고 어처구니가 없어서 저는 그만 큰

소리로 웃어버렸잖아요.

그의 시선에서 생각해보면 이중인격자처럼 오락가락하는 것처럼 보였겠지요. 이상해 보였다는 건 충분히 이해했어요. 하지만 왜 변했냐고 저를 추궁하다니 질문이 잘못됐잖아요.

제가 한결같길 바라는 남편의 기대에 실망했어요. 당신과 공존하는 삶에 대해 그이와 상의하고 싶은 마음은 일절 들지 않았지요. 남편과 결혼을 결심했던 시절의 저와 지금의 저는 아예 다른 인간이라고 알려주고 싶을 만큼요. 주희 씨 당신을 받아들이며 새로운 차원의 탈피를 이뤄냈다는 걸 이해할 사람과 가족이었다면 좋았을 텐데요.

무의미한 논쟁에 피곤해진 저는 그 순간 뇌 움직임을 멈추고 풀썩 쓰러졌습니다. 당신이 나타나기 전까지 무호흡 상태였을 겁니다. 당황한 남편은 제게 인공호흡을 시도했고 저를 업고 응급실로 달리기 시작했어요. 몸의 반응이 완전히 멈춘 순간 당신이 출현했어요. 저녁 시간에는 나타나지 않았던 당신이 움직였지요. 생명 유지를 위해 당신이 비상 작동한 셈이었지요.

"이제 괜찮습니다. 저를 좀 내려주실래요?"

당신은 남편의 등에 업혀 말을 걸었다지요. 말투가 바뀐 것을 남편이 즉각 알아챘습니다. 당신은 남편을 안심시키려 정황을 설명했습니다.

"저는 이혜 씨 몸을 잠시 빌리고 있어요. 곧 떠날 겁니다. 어떻게 소멸해야 할지 고민하고 있어요. 제 원본 몸이 세상을 떠나는 시기에 함께 사라지려고 생각하고 있어요. 이혜 씨 내면에 남아 영원히 무아의 상태로 남는 방법도 생각 중인데 오늘 같은 일이 생기면 본능적으로 다시 나타날지도 모르겠네요."

영문을 모르겠다는 남편에게 당신이 알려줬다지요. 안치실에 있었던 자신을 설명했지만, 남편은 누굴 말하는지 어떤 상황인지 좀처럼 상상하지 못했습니다. 결국 남편이 이해할 만한 방법으로 자신을 설명해야 했어요. 무례한 이름을 당신 입에 올리게 해서 정말 미안해요.

"아줌마 좀비요. 나중에 여러분이 이모 좀비라고 불렀던 그 사람이 바로 접니다."

함부로 불렸던 이름으로 설명을 해야 알아먹다니, 그 이름을 당신이 자기 입에 올려야 했다니 너무

화가 납니다. 미안해요. 제 남편은 딱 그 정도 수준의 교양을 가진 사람이었어요. 학력과 연봉으로 사람 수준을 평가하기나 하고 미시 권력에 대한 성찰을 그저 불평 정도로 여기는 사람이에요. 무식하고 천박하지요.

"아이 씨, 그 아줌마 좀비랑 페어링을 했다고? 이혜 너 미쳤어!"

남편은 그 설명을 듣고 기겁했습니다. 당신을 컴파일러로 설정해 당신 뇌의 움직임을 수용한 건 제 판단이었습니다. 하지만 남편은 제 판단을 믿지 않는 모양이었습니다.

"아니, 아줌마! 좀비 뇌파를 컴파일러로 설정했다고요? 살아 있는 이혜 뇌에 뇌파 패턴을 페어링하다니 이게 얼마나 미친 짓인 줄 알아요? 이혜 몸을 그렇게 이용하고 싶었어요, 아줌마?"

남편의 무례함에 당신도 불쾌했을 겁니다. 당신은 한 번 더 차분하게 설명했어요. 아이에게 이해시키듯 천천히 또박또박.

"김영일 씨, 그때도 지금도 저는 좀비가 아닙니다. 또렷하게 외식이 있습니다. 병원 의료신과 여기 연구원들이 저를 죽은 자로 판명하고 사회적 존재까지 모두 사라지게 하는 동안엔 잠들어 있었지만요. 의식이 돌아왔을 땐 근육과 피부 괴사가 너무 많이 진행되어 몸을 움직일 수 없었고 그 시점엔 사회적 존재가 말소되어 죽은 사람이라는 판단이 내려졌을 뿐입니다. 날 죽인 건 당신들이에요. 이혜 씨만 저를 살아 있는 인간으로 대했습니다. 이해하시겠어요?"

당신은 처음으로 차갑게 분노하는 말을 쏟았습니다. 남편은 그 분노의 온도를 전혀 이해하지 못했습니다.

며칠 후 주희 씨 몸의 이전 데이터를 살펴본 남편이 저와 당신에게 한 가지 아이디어를 제안했습니다. 주희 씨 뇌파 패턴을 포착해 그 움직임을 마이너스 값으로 설정해 제 뇌에 작용시켜보자고요. 그러면 저에게서 당신을 소멸시킬 수 있을 거라고요.

영일 씨는 연구소에서 페어링 이전 단계에 적용시키는 브레인 리셋 과정에 대해 말했습니다. 뇌사 상태의 임상 대상자에게 페어링 직전에 리셋 함수를 적용해왔다고 합니다. 살아 있는 사람에게 적용하는 일은, 그것도 중복된 의식 중에 하나만 제거하는 일은 처음이라고 하더군요.

리셋 함수에 대해 남편이 자세히 설명했습니다. 마이너스 값이라고는 하나 뇌에 자극을 더하는 과정이라 이미 발생한 존재를 소멸시킬 수 있으리라는 생각은 들지 않았습니다. 당신에게나 저에게 무슨 일이 생길지 예측할 수 없었습니다.

영일 씨는 회사 밖 비밀 실험실에서 리셋 과정을 시연하겠다고 했습니다. 당신은 제게 시연을 보러 가고 싶다고 말했지요. 주희 씨의 몸에서 바이털 신호가 거의 소멸하고 있는 상태였어요. 할 수 있는 일은 늦지 않게 하고 싶다고요. 저를 돕고 싶다고 한 당신이니 저를 위해 소멸할 각오도 했을 거란 걸 잘 알아요.

비밀 실험실에 가보니 토끼가 준비되어 있었습니다. 토끼 움직임이 기묘했습니다. 공격적으로 날뛰며 천장까지 올라가려는 듯 뛰어다니다 계속 바닥으로 추락하고 있었습니다. 토끼에게 고양이 뇌를 페어링시켰다고 하더군요. 잠시 후 토끼 뇌에 리셋 함수가 적용되었습니다. 고양이 뇌 패턴의 마이너스 값이라고 하더군요. 잠시 후 토끼는 움직임을 멈추고 잠잠해졌습니다.

"동물 실험에선 100퍼센트에 가까운 확률로 성공을 보였어."

이전의 토끼는 어떤 모습이었을까요? 피부가 괴사하지 않았을 뿐 리셋 함수를 적용시킨 이 토끼야말로 연구소 사람들이 함부로 말했던 좀비 같은 상태가 된 것 아닌가요?

"이혜야, 우릴 믿어도 돼. 치료받자."

남편이 손을 잡으며 말했습니다. 우리라니? 우리라는 말이 거슬렸습니다.

"좋은 기회야. 연구소에서도 당신의 지휘 불복과 일탈을 징계하지 않기로 했고 비용까지 무상으로 지원하기로 결정했어. 윗선에 설득하느라 나도 꽤 힘들었어. 이거 못 하면 우리 둘 다 퇴사하기로 했어. 나도 그 정도로 각오한 일이야. 당신을 위해서, 우린 부부잖아."

연구소도 승인했다고? 인간 임상 사례가 필요하던 참이었어? 남편의 말이 서늘하게 들렸습니다. 그는 언제나 자기 업무와 실적이 최우선인 사람이었어요. 저의 선택이나 저의 이유에는 관심이 없었어요. 아내가 최우선 순위가 아니란 건 알았지만 아내를 얼마든지 자기 과업을 위한 도구로 삼을 수 있다는 말을 들으니 허탈했습니다. 조직의 논리와도 똑같았지요. 모두 한통속으로 보였습니다. 성공을 위해 무조건 앞으로만 달리는 그를 조직이 괴물로 만든 것인지, 괴물들이 모여 조직이 된 것인지…….

남편은 저희에게 강제 시술을 시도하려 했어요. 우리는 도망치려 했습니다. 발버둥 쳤지만, 남편을 제압할 수는 없었어요. 그의 눈에 제가 발광하는 토끼 정도로밖에 보이지 않는 거겠지요. 실험실 밖에도 연구소 동료 몇이 더 있다는 걸 알았습니다.

저를 무아 상태로 바꾸어 당신이 나타나길 기다렸어요. 그리고 눈을 뜨자마자 상황을 파악한 당신은 놀라운 신체 능력을 발휘했어요. 평소 저는 운동 신경이 없었는데 당신이 원래 가진 운동 능력이 제 몸을 통해 재현되었어요. 제 근력의 한계 때문에 당신 생각만큼 충분히 움직인 건 아니었지만요.

안에서 실험실 문을 잠근 당신은 영일 씨와 대치했고 영일 씨의 다리를 꺾고 결박했습니다. 평소 저의 신체 능력을 알던 지라 그는 방심했을 거예요. 당신은 우리를 누이려고 했던 침상에 남편을 눕혔습니다. 그러곤 그가 준비했던 마이너스 라메드파 리셋 함수를 영일 씨에게 적용시켰어요.

그곳에서 남편은 코마 상태에 빠졌습니다. 그리고 병원으로 후송된 직후 뇌사 판정을 받았습니다. 남편을 앞세워 우리 몸을 임상 대상자로 삼아 비밀 실험을 하려 했던 회사는 모든 일을 덮어두기에 바빴습니다. 피실험자는 바뀌었지만 회사는 얻을 걸 전부 얻었지요. 리셋 함수는 저 대신 남편에게 적용되었지만요.

당신 일이 알려진 뒤 안치소에 있던 존재들은 모두 비밀 실험실로 옮겨졌습니다. 저는 당신과 상의해 실험실을 다시 찾았습니다. 안치소에 있던 분들을 버려진 쓰레기처럼 아무 데나 내던질 순 없었어요. 우리는 마지막 계획을 감행하기로 했습니다. 제가 당신을 받아들인 것처럼 다른 분들도 우리와 공존하도록 받아안는 계획이었지요.

뇌파가 비교적 활발하게 움직이는 사람부터 시작

했어요. 움직임이 거의 없거나 기본적인 생체 바이털만 남은 사람들, 그리고 털 색깔이 바랜 토끼 선배와 검은 쥐, 동그랗게 몸을 만 고양이와 늙은 강아지까지. 모두를 컴파일러 삼았습니다.

제 몸으로 모두의 존재가 한꺼번에 그리고 한없이 밀려 들어왔습니다. 울분과 슬픔과 허망함과 살해 충동, 모두의 감정과 의지가 제 몸을 통해 폭발했습니다. 구역질이 터져 나왔고 경련이 멈추지 않았어요. 제어되지 않는 개별적인 움직임이 동시적으로 폭발해 제대로 서 있을 수도 없었습니다. 한 개의 몸을 동시에 움직이려는 다수의 의지가 폭발했습니다. 실험실을 엉망으로 만들며 저도 기기들과 함께 바닥에 나뒹굴었습니다. 성난 동물들과 복수에 불타는 존재들이 가장 먼저 나서 제 몸을 제어하려 했습니다. 모든 의견을 합의할 수도 조율할 수도 끌어안을 수도 없었어요. 저는 그저 모두를 위한 도구로 저의 일부를 제공하고 싶었습니다. 모두의 감정이 터져 나온 순간 가만히 저의 의지와 의식을 잠재웠습니다.

이제 제 안에 깃든 자들이 협의하고 조율해야 했습니다. 제가 쓰러진 사이 낭신이 조율해주었습니다.

여러분들 모두가 당신과 똑같은 선택을 하기로 했다지요. 각자 자신의 욕망을 위해 움직일 수도 있었지만 여러분은 그렇게 하지 않았다고요. 우리는 공존을 선택했습니다. 공멸로 가는 선택은 최대한 피하기로 했습니다.

저는 여러분께 저를 맡겼습니다. 제겐 새로운 삶이 시작되는 것 같았어요. 아등바등 살 때는 한 번도 느낀 적 없는 평화로운 상태가 되었답니다. 나는 그동안 왜 별것도 아닌 나라는 자아에 집착했을까요? 이렇게 자유로워질 수 있었는데 말이죠.

여러분들과 상의해 몇 가지 행동에 나섰습니다.

사고 당일 비밀 실험실에서 제게 폭행을 가했던 영일 씨의 영상을 공개해 이혼 소송과 형사 소송을 진행했어요. 미안하게도 영일 씨 행동에 대한 죗값은 제삼 씨가 고스란히 떠안아야 했습니다. 제삼 씨가 사회생활을 시작한 시점에 김영일 관련 사건 재판이 개시된 거니까요. 제삼 씨는 묵묵하게 모든 일을 받아들였습니다. 김영일의 몸을 빌리는 대가를 치르겠다고 말하더군요. 과거를 정리하고 나면 김영일이 아니라 제삼으로 사는 일도 홀가분하게 시작

할지도 모르겠다면서요.

그즈음 제삼 씨의 관심사는 이미 다른 곳으로 옮겨간 것 같았습니다. 그는 종교 관련 서적이나 정신 질환의 역사를 소개한 서적을 읽고 있었습니다. 연구자가 갑자기 종교인이 된 걸까요? 심리학자나 의학자가 되려는 걸까요? 그는 편안한 얼굴을 보였습니다. 그건 전남편 영일 씨가 짓지 못했을 온화한 표정이었어요.

그러던 어느 날, 제삼 씨가 보낸 편지가 도착했습니다. 재혼을 한다는 겁니다. 저는 코웃음을 치고 말았어요.

"이혜 씨, 제삼입니다. 저는 결혼을 앞두고 있습니다. 김영일의 아내였기에 당신에게 상황을 전하려 편지를 남깁니다. 많은 일이 있었습니다. 제게도, 그리고 당신에게도요. 사람들은 잘 알아채지 못할 테지만 우리에겐 아주 큰 변화가 있었습니다. 당신도 꼭 알아야 할 일입니다."

3

제삼, 부존재

　이혜 씨, 제삼입니다. 저는 결혼을 앞두고 있습니다. 김영일의 아내였기에 당신에게 상황을 전하려 편지를 남깁니다. 많은 일이 있었습니다. 제게도, 그리고 당신에게도요. 사람들은 잘 알아채지 못할 테지만 우리에겐 아주 큰 변화가 있었습니다. 당신도 꼭 알아야 할 일입니다.

　이혼 소송과 형사 소송은 잘 마무리되었습니다. 접근 금지 통보 때문에 당분간 일부러도 거리를 두려고 합니다. 합의금은 빚을 냈고 제가 갚기로 했으니 걱정 안 하셔도 됩니다. 회사는 김영일의 처사에 관해 업무 관련성이 있다고 판단했고 퇴사 처리는 하지 않았습니다.

당신이 제 행동을 줄곧 주시했다는 걸 압니다. 동료들이 저를 약간 업데이트된 김영일로 받아들였던 무렵의 일부터 이야기하겠습니다.

저와 페어링했던 컴파일러를 만나러 갔습니다. 사내에선 금기된 사항이었습니다. 연구소 연구원들은 컴파일러에 대해 문의하거나 만나지 않는다는 이면 서약서를 쓰고 입사합니다. 그런데 저는 거리낄 게 없었습니다. 그 서약서를 쓴 건 김영일이지 제가 아니잖습니까?

김영일보다 사람이 좋아졌다는 평가를 들으며 저의 유래와 기원에 대해 생각했습니다. 브레인 페어링이 이뤄졌을 때 컴파일러의 운동 기능에 더해 인지 능력과 인격까지, 어쩌면 인성과 성품까지 동기화되었을 가능성이 있었습니다. 저는 김영일의 이전 학습 데이터나 기억, 그리고 몸이라는 하드웨어를 활용하고 있지만 그 안의 소프트웨어는 컴파일러를 재현하고 있는 존재라는 말입니다. 컴파일러의 사본에

지나지 않는다는 의심을 지울 수 없었기에 꼭 직접 만나 확인하려 했습니다. 저는 김영일의 연장선이 아니라 컴파일러의 연장선인 게 분명합니다. 김영일과 단절되어 단독적으로 발생한 제삼이라 생각했는데 그것도 아닌 겁니다. 그 사실을 확인하면 마음이라도 편할 것 같았습니다.

컴파일러와 관련된 모든 정보는 연구소장님의 특별 관리하에 놓여 있었습니다. 저는 소장실에서 일하는 동료의 일을 몇 가지 대신 처리해주고 그의 신뢰를 얻었습니다. 그가 연차 중에 급하게 해결해야 할 일을 대신 해준 날 소장님 비서실 연락망에 접근할 수 있었고 컴파일러의 전화번호로 추정되는 번호 몇 개를 입수했습니다. 비서실 사람들과 대화하기 위해 소장님과 비서실 주변 정보를 평소에 많이 알아둔 게 도움이 되었습니다.

세 번째 연락처에서 컴파일러를 특정했습니다. 제가 연구소에서 성공한 두 번째 케이스임을 전화로 밝혔을 때 컴파일러는 의외의 반응을 보였습니다. 연락을 기다렸다는 듯 반가워하는 목소리였습니다. 예상보다 시간이 걸렸다면서 사람 기다리게 했다고

웃더군요. 연구소와 관련된 속사정까지 들을 거란 기대를 품고 그를 만나러 갔어요.

홍시엘이라는 20대 남성이 약속 장소에 나왔습니다. 저는 그를 알아보았습니다. 잠깐의 순간, 그의 얼굴을 보고 두 번 놀랐습니다. 머릿속엔 홍시엘에 대한 상극의 정보가 혼재되어 있었습니다. 홍시엘이 제게 물었습니다.

"제가 누군지 아시나요?"

제일 먼저 떠오른 최근 정보는 얼마 전 연구소장님의 주변 정보를 검색하다 발견한 사진이었습니다. 홍시엘은 황서우 소장님의 아들이었어요.

"소장님 아드님이셨군요."

홍시엘 씨는 고개를 끄덕였습니다. 소장님은 자기 아들을 연구에 끌어들인 걸 숨기기 위해 컴파일러에 관한 정보를 극비에 부쳤나 봅니다. 그는 다른 기억은 없는지 재차 캐물었습니다.

"저에 대한 옛 기억이 있으신가요? 혹시 이전의 그분, 김영일 씨의 기억 데이터 속에서 끌어올리실 수 있나요?"

그 말을 들으며 서는 혼새된 정보를 차근차근 시

간순으로 나열했고 홍시엘에 대한 상반된 인상을
분류해보았습니다.

"김영일 씨가 기억하는 홍시엘은⋯⋯."

저는 눈을 감고 김영일의 기억 데이터를 헤집었
습니다. 연구소 입사 직후의 기억이었죠. 동료들과
점심을 먹으며 소장님과 가족에 대한 소문을 들었
던 순간에 가닿았습니다. 소문을 듣고 자리에 돌아
와 신문 기사를 검색해보며 홍시엘의 얼굴도 보았
죠. 그때 홍시엘을 보며 김영일이 떠올린 기억까지
들여다볼 수 있었습니다. 소장님처럼 사회적으로 인
정받고 존경받는 사람이 자식 문제로 고생한다니.
어쩐지 위로받는 느낌으로 혀를 차던 기억이었습니
다. 김영일은 그때 속으로 중얼거렸습니다. 엄마는
안 닮았네? 근데 참 왈왈스럽게 생겼군. 김영일의 기
억을 들여다본 뒤 저는 이렇게 말했습니다.

"망나니 아들이었네요."

그러자 홍시엘이 미소를 지으며 응수하더군요.

"망나니요? 교양 있게 표현해주셨네요. 그 새긴
아주 씨발, 구제 불능 개새끼였죠!"

그는 우아하게 음료를 마시며 남 일처럼 말했습

니다. 저는 눈앞의 홍시엘을 가만히 관찰했습니다. 그는 어머니 연구를 돕는 일 외에 본인의 개별 연구를 하고 있다고 했습니다. 상담 치료를 배우고 있다더군요. 어딘가 어색하다는 느낌, 위화감을 느꼈습니다. 고교를 중퇴한 홍시엘, 지인 폭행 사건과 취재기자 폭행 사건을 일으킨 홍시엘, SNS에 막말을 쏟고 이를 라이브로 생중계했던 홍시엘과는 연관성이 전혀 없어 보였습니다. 망나니 홍시엘이 개과천선했나 봅니다. 그러나 그건 제 관심사는 아니었습니다. 저와의 연관성이 궁금했습니다. 적어도 망나니 홍시엘의 브레인이 제게 페어링된 것은 아닌 걸로 보였습니다.

홍시엘은 자세가 꼿꼿했고 움직임이 조금 느리면서 우아했습니다. 그 모습은 평소 저의 행동과 매우 유사했습니다. 그가 커피를 마시고 케이크를 천천히 떠먹는 모습을 유심히 바라봤습니다. 다리를 꼰 방향을 바꾸는 자세도 보았지요. 턱을 만지거나 이마를 짚을 때 무의식적으로 놀리는 손끝도 전부 보았습니다. 거울을 보는 것 같았습니다. 기억이나 지식, 인지 능력을 제외하고 반사적인 운동 기능에 한성

해보자면 눈앞의 홍시엘과 저는 똑 닮아 보였습니다.

홍시엘은 특별한 사람으로 보였습니다. 이유는 모르겠지만 이상하고 괴이해 보였고 그래서인지 묘한 경외감마저 느끼게 했습니다. 사본이 원본을 마주해서 그런 걸까요? 인간이 신을 만난다면 저와 같은 걸 경험할까요?

인정할 수밖에 없었습니다. 저는 홍시엘의 사본이었습니다. 저는 결국 김영일의 몸에 기생하면서 홍시엘의 뇌를 페어링한 조합이었습니다. 사본 주제에 기원을 찾겠다니 바보 같은 시도였습니다. 사본도 원본과 똑같은 거 아니냐고 말해봤자 원본은 그저 웃을 겁니다.

그런데 황서우 소장님은 도대체 무슨 음모를 꾸민 겁니까? 자기 아들을 이용해 세상 사람들을 모두 균일하게 만들려고 한 걸까요? 좀비를 만드는 게 아니라고 역설했던 건 반어법이었나요? 황 소장님은 세상을 우롱한 겁니다.

눈앞의 홍시엘의 행동을 살피며 최대한 그와 같은 행동을 하지 않기 위해 애썼습니다. 제 마음을 꿰뚫어 보듯 그가 제게 조언했습니다.

"저를 보니 불편하시죠? 그 마음 저도 알아요. 개과천선한 홍시엘이라고 불리고 있지만 사실 저도 누군가의 복제인 것 같았거든요."

홍시엘의 표현이 제 마음과 똑같아 놀랐습니다.

"제가 고민 끝에 만난 결론이 뭔지 한번 들어보시겠어요?"

저는 천천히 고개를 끄덕였습니다. 그도 이어서 천천히 고개를 끄덕였습니다.

"당신은 나와 마찬가지로 '단독자'예요. 당신은 김영일의 사본도, 홍시엘의 사본도 아니에요. 김영일의 연장선에 있는 것도, 홍시엘의 연장선에 있는 것도 아니고 그 두 사람의 단순 조합만도 아니고요. 당신을 구성하게 된 외부적 요인이 결정적 계기가 된 건 사실이지만, 인간이 자신을 사회적으로 구성해 가는 과정과 완전히 똑같다고 할 수 있습니다. 김영일의 몸과 기억을 사용하고 있으니 이전의 김영일과 완벽하게 단절해 살긴 힘들 테지만 그래도 충분히 독립적인 존재로 살아가고 있잖아요. 저 역시 홍시엘을 떠올릴 때 그렇습니다."

그의 밀에 사뭇 기뻤습니다. 그 의견에 동의하지

않더라도 그랬지요. 그는 저를 하나의 인격으로 인정해주고 있었습니다.

"그러니 걱정하지 마세요. 저와 당신이 같은 존재일 리가 없잖아요. 홍시엘과 당신은 두말할 것 없이 전혀 다르고요. 완전히, 진짜 달라요. 그 새긴 진짜 쓰레기였다니까요."

저는 눈을 뜬 직후부터 김영일에게서 파생된 일종의 찌꺼기가 아닐까 생각했습니다. 김영일의 기억을 잊은 채 김영일의 일부로 살다 김영일을 대체하다 죽어갈 파편이라고 말이죠. 실밥과 보풀이 천이나 옷은 아닌 겁니다.

하지만 그날 홍시엘은 다르게 말했습니다. 김영일과 컴파일러가 제 일부일지언정 저는 파편이 아니며 그리고 그들이 보유했던 요소만이 제 전부가 아니라는 말을 들었습니다.

홍시엘과 헤어지고 집에 돌아오면서도 그의 말은 오래 남았습니다. 김영일의 기억과 사회적 존재를 이어받았고 홍시엘의 감각과 능력을 지원받았지만 저는 그 둘을 제 식대로 조합했습니다. 어떤 체험을 조합하는 방식만큼은 천차만별일 겁니다. 조합하는 순간에 저의 선호와 기준과 판단이 발생했을 겁니다. 그러니 저는 몸의 탄생과 별개로 나중에야 태어난 또 하나의 존재이며 인간의 손으로 만들어낸 후천적 인격입니다. 마치 휴머노이드처럼, 육신을 옮겨간 영혼처럼 영일의 몸을 잠시 빌린 겁니다. 연구소와 홍시엘이 저의 부모라고 말할 수 있을까요?

그렇게 생각하니 저의 독자성은 조금 자부할 수 있었습니다. 그렇다고 곧장 저의 가치를 찾을 순 없었습니다. 저는 자연스럽게 성장한 인간이라기보다 자아를 찾은 휴머노이드나 AI에 더 가까운 존재라는 생각이 들었습니다. 그 생각은 조금 모멸감을 느끼게 했습니다.

홍시엘의 지난 인생을 조금 더 역추적해봤습니다. 그의 만취 라이브 방송을 여러 번 보았고 폭행 사건 기사의 행간을 꼼꼼히 읽어봤고 주변인들의 SNS도 자세히 살펴봤습니다. 댓글을 남긴 사람들의 흔적을 훑어보며 그의 인간관계와 평소 인성, 주변 사람들을 통해 유추했습니다. 그의 세계를 재구성해보니 이상한 점이 한두 가지가 아니었습니다.

홍시엘이 고교를 중퇴한 시기가 우선 묘했습니다.

그는 원룸에서 혼자 살기 시작했고 상담 센터에서 비정규직으로 일하기 시작했습니다. 그때가 약 5년 전, 연구소 설립 시기와 비슷했습니다.

연구소장님과 관련한 소문도 재검토했습니다. 기사 수는 적었지만 김영일의 기억 속에 몇 가지 힌트가 있었습니다. 연구소 설립 당시, 황 소장님은 자신의 인맥과 실행력으로 기업과 정부 기관을 찾아다니며 상당한 지원금을 획득했습니다. 소장님의 파격적인 행보는 루머를 대동하고 다녔습니다. 과학기술계의 여성 파워라는 다소 과장된 수식어에 더해 아름다운 용모 때문에 로비가 유용했다는 중상모략이 늘 따랐습니다. 옛 소문과 관련된 기억을 길어 올리다 한 가지 의문점이 떠올랐습니다.

'소장님은 거액의 연구소 설립 자금을 어떻게 모았을까?'

연구소의 첫 성공사례는 강모 씨였습니다. 설립 시점에는 가설만 존재했는데 가설만으로 막대한 규모의 지원 사업을 수주할 수 있었을까? 혹시 브레인 페어링 성공사례를 미리 만들어 시연하고 있었던 건 아닐까……?

홍시엘이 업그레이드된 과정이 저의 변화와 유사했다는 점을 떠올리자 퍼즐이 하나 맞춰진 것 같았습니다. 곧 또 한 가지 궁금한 점이 생겼습니다.

'홍시엘은 변했다. 혹시 홍시엘에게도 컴파일러가 따로 있었을까?'

저는 홍시엘이 일하는 상담 센터에도 자주 들렀습니다. 로비와 정원에 앉아 홍시엘 주변을 지켜봤습니다. 생각보다 많은 정보가 보였습니다. 홍시엘이 센터에서 만나는 사람 중 가장 오랜 시간을 보내는 인물은 공백휘라는 또래 남성이었습니다. 아니, 거의 그와 함께 보내기 위해 센터에 출근하는 것처럼 보였습니다.

공백휘, 그 이름을 듣는 순간 홍시엘의 5년 전 SNS 포스팅과 그 포스팅에 달린 지인들의 댓글이 떠올랐습니다.

― 베퀴 새끼 같은 놈이

― 백휘스럽다

5년 전부터 새로운 포스팅이 올라오지 않던 홍시엘의 옛 SNS에 다시 들어가 보았습니다. 프로필 화

118

면에 달린 출신학교를 클릭하자 고풍스러운 이름의 조국중흥고등학교가 보였습니다. 홍시엘과 공백휘, 그리고 조롱하는 댓글을 달았던 홍시엘의 친구 목록이 해당 고등학교에 연결되어 쭉 떠올랐습니다. 공백휘의 SNS는 그로테스크했습니다. 비위가 상하는 사진도 꽤 보였습니다. 김영일이었다면 쌍욕을 했을 거예요. 스크롤을 한 번 내리곤 바로 창을 닫아버렸습니다.

두 사람이 상담 센터 밖에서도 자주 만나는 걸 보았습니다. 나란히 걸어가는 뒷모습이 마치 쌍둥이 같더군요. 비슷한 옷을 입고 같은 커피를 마시고 비슷한 보폭으로 걷는 게 마치 페어링한 상태 같았습니다. 혹시 공백휘도 브레인 페어링을 경험했을까요? 연구소 밖에서 페어링을 시도할 수 있을 곳이 없을 텐데……?

귀가하는 공백휘를 미행했습니다. 이웃 주민 몇몇과 편의점 주인이 공백휘의 뒤통수에 대고 그를 욕하는 모습을 보았습니다. 위험한 사람 대하듯 경계하기도 하고 버릇없는 놈이라며 꾸짖기도 하더군요.

공백휘는 조용한 사람이었지만 이웃이 보기엔 종잡기 어려운 자였습니다. 편의점 주인이 그를 위험한 사람이라고 말했을 때 내심 이해했습니다. 공백휘나 저나 단일하고 고정적인 존재로 보이는 게 더 기이한 일일 겁니다. 김영일과 다를지언정 때때로 김영일과 연속된 사람으로 보이려고 저 역시 부단히 노력하고 있기에 그가 안쓰러웠습니다.

저나 홍시엘, 공백휘 같은 사람은 어차피 일관성 있는 사람으로 보일 리가 없습니다. 이전의 존재와는 단절됐고 어느 시점부터 분열했습니다. 연속하지 않으면서도 종합된 존재로 살고 있으니 우리 같은 존재를 제대로 이해하는 사람이 있다면 그게 더 이상할 겁니다.

제가 편의점 주인의 말에 호응해 보이자 그는 좀 더 상세히 말했습니다. 공백휘는 자주 자해 행위를 시도했다고 하더군요. 어릴 때부터 폭력 사건에도 자주 휘말렸고 조폭이 스카우트하려고도 했다고 합니다. 폭력적인 사람은 아닌 것 같은데 의외의 일면이 있었나 봅니다.

"그때 거의 반죽음이었다잖아요. 근데 전혀 아파

하질 않으니 더 날뛰었다지요."

동네 사람들 입에 여러 차례 오르내린 익숙한 화제인 듯 편의점 주인은 예사롭게 말했습니다.

"누가 누구한테 당했습니까?"

"아니, 저 학교에서 일어났던 폭력 사건 말이에요. 한 달 내내 뉴스 나오고 그때 난리였잖아요, 조중학원 사건. 거기 다니는 애들이 다 좀 문제가 있거든요. 돈만 많고 불량한 애들이 가는 자사고인데 이 동네에선 소문이 자자해요. 사실상 금수저 소년원이라고."

홍시엘과 공백휘, 그리고 지인들의 공통분모였던 학교, 고풍스러운 이름의 조국중흥고등학교에서 일어난 폭력 사건……. 저는 그 사건과 두 학생, 그리고 연구소와의 접점을 아주 느슨하게 접목해보기로 했습니다.

'베퀴스럽다'는 댓글을 남겼던 지인도 만나보았습니다. 학교 폭력 사건을 소재로 소설을 쓴다고 말하고 두 사람의 학창 시절에 관해 이야기를 들으러 갔습니다. 지인들의 이야기를 종합해 요약하면 이랬습니다.

공백휘는 홍시엘에게 초등학교 때부터 7년 넘게 괴롭힘을 당했습니다. 그런데 어느 시점부터 공백휘는 물리적으로나 심리적으로 그 어떤 폭행을 당해도 아무런 반응을 보이지 않았고 홍시엘과 아이들이 휘두른 칼에 찔렸을 때조차 무대응이었습니다.

"자기가 휘두르는 폭력이 도대체 영향을 끼치질 않으니 시엘이 눈이 점점 더 뒤집힌 거예요. 공백휘는 통증을 못 느낀다는 것 같았어요. 통증을 느끼도록 뇌에 전달되는 말초신경 생성 물질이 일을 안 한다나? 그런 병이 있단 얘길 나중에 듣긴 했는데 고등학생 때 백휘를 보면 진짜 무서웠어요. 전혀 고통을 느끼지 않는 사람의 반응, 본 적 없으시죠? 도대체 살아 있는 사람 같지 않았어요."

홍시엘은 공백휘가 자신의 폭력에 굴복하길 원했고 다양한 방식으로 그를 공격했습니다. 그리고 편의점 사장이 말했던 그날, 이웃들도 모두 아는 폭행 사건이 발생했습니다. 취재 나온 기자까지 폭행당했고 방송국 차량에 불까지 붙어 주변 주민들에게 화려하게 각인된 날이었습니다. 홍시엘은 SNS에 막말을 쏟으며 이를 라이브로 생중계했습니다. 초주검이

된 외향으로 기이한 방향으로 꺾인 팔다리를 붙잡고 묵묵히 119 호송차에 오른 공백휘의 모습은 학교 안팎 사람들에게 선명한 기억을 남겼습니다. 그날 이후 홍시엘과 공백휘는 학교에 나오지 않았다.

"근데 백휘 그 새끼, 단순히 통증을 못 느끼는 것만이 문제가 아니라던데요. 저도 처음 들은 이름인데 비존재 증후군? 그런 병명이 있대요. 자기는 세상에 존재하지 않는다고 느끼는 정신질환 증세라고 하더라고요. 뭐라더라, 하루 20시간 이상 메타버스에 접속하다 현실을 무시하는 애들이 보이는 특징이라던데요. 백휘는 메타버스 수업을 듣지 않았는데도 그런 증세를 보인대요. 소문으로는 태어날 때부터 그랬다고 하더라고요. 그러니까 시엘이한테 공격당했을 때 자신이 세상에 없다고 느낀다는 거잖아요."

그러니까 공백휘는 브레인 페어링이 된 사람이 아니라 어릴 때부터 최근까지 늘 같은 상태였다는 겁니다. 자신이 존재하지 않는다고 인지하는 비존재 증후군. 조중학원에 입학한 다른 학생들은 소년범죄를 저지른 이력이 있는데 공백휘는 다른 애들의 범죄를 뒤집어썼다고 하더군요.

알아볼수록 공백휘가 나쁜 인간은 아닌 것 같았습니다. 오히려 반대였습니다. 유해한 세상이 자신에게 가한 해악을 자신만의 방식으로 흘려보낸 것 아닐까요. 자기 존재를 전부 버려서까지 말이죠. 공백휘에게 연민과 동시에 친밀함을 느꼈습니다. 저도 김영일의 몸과 홍시엘의 뇌를 재현할 뿐 세상에 없는 것과 마찬가지인 존재라서 그랬을 겁니다. 몸과 분리된 저 자신, 이전에 알던 거울 속 존재를 낯설게 느끼는 저 자신, 자기 감각과 분리된 생각과 발상을 가진 자신, 제가 느끼는 이 느낌이 바로 부존재 증후군이라고 말입니다.

제 추측이 맞다면 업그레이드된 홍시엘의 뇌가 추후에 공백휘에게 카피된 것은 아니었습니다. 홍시엘은 어느 시점을 계기로 뚜렷하게 변했고 공백휘는 변하지 않았거든요.

홍시엘의 변화에 대해서도 지인들에게 물었습니다.

"시엘이 그 새끼는 진짜 미친놈이죠. 근데 자퇴한 뒤에 우리 학교 졸업식 날 얘가 나타났는데 진짜 황

당했어요. 인간이 완전 백팔십도 바뀌었는데요. 말투가 완전히 백휘인 거예요. 시엘이 엄마가 뇌과학 연구소인가 뭔가를 만들었다던데 아들 뇌를 완전히 아작 냈구만, 싶었다니까요. 근데 하필 왜 공백휘가 됐을까요? 걔네들 두 집안이 옛날부터 알고 지내던 사이라 걔네 엄마가 백휘에게 그런 식으로 사죄한 건지도 몰라요."

지인들의 이야기를 듣고 비로소 저는 알았습니다. 페어링 순서가 반대였습니다. 홍시엘의 뇌가 공백휘에게 컴파일링된 게 아니라 공백휘의 뇌가 홍시엘에게 재현된 겁니다. 황 소장님은 연구소 설립 전에 아들의 브레인 페어링에 성공했습니다. 그리고 그때 컴파일러가 공백휘였습니다. 어쩌면 아들을 일부러 뇌사 상태에 빠트린 것일지도 모릅니다. 망나니 아들을 변모시키려……?

홍시엘과 공백휘를 지켜보면서 저는 점점 더 확신했습니다. 홍시엘은 공백휘의 상담 치료사를 자처했지만 실은 공백휘라는 아이돌을 추종하는 팬 같았습니다. 공백휘로부터 이 모든 게 시작된 거라면, 저의 진짜 컴파일러는 홍시엘이 아니라 공백휘인 거죠.

그러니까 저는 카피의 카피인 겁니다. 모든 사실을 알면 저도 공백휘를 저의 신이나 부모처럼 흠모하게 될까요? 별로 그러고 싶진 않습니다. 페어링 회차를 반복하면 원본의 감각은 흐려지는 걸까요?

연구소장실에서 옛 자료를 뒤졌습니다. 연구소 개원 이전의 자료는 많지 않았고 자료들엔 전부 암호가 걸려 있었습니다. 자금 모금을 위해 준비한 발표 자료에는 시연 사례가 적혀 있었습니다.

—모 학원 브레인-브레이크다운 감염 사례와 브레인-페어링

—브레인 컴파일러 경유 전, 필수 리부팅 및 초기화 함수

몇 년 전부터 황 소장님은 조중학원 운영위원회에 직함을 올린 거로 보였습니다. 아들을 학교에 보낸 학부모이기도 하니까요. 소장님은 아들을 표본삼아 학교의 다른 아이들에게도 어떤 영향을 끼치려고 했던 겁니다.

조국중흥학원, 영재 교육을 위시한 비싼 등록금의 사립학교, 그리고 자녀의 소년원 입소를 회피하기 위해 법을 바꿔서까지 설립한 우회성 도피처,

부자 부모들이 주도해 만든 사학재단. 학교에서 발생했다는 브레인-브레이크다운 감염은 뭘까요. 조중학원과 브레인-페어링 관련 기사는 어디에서도 발견할 수 없었습니다.

그러다 옛 기록에 남은 초기화 함수를 보고 놀랐습니다. 김영일이 사고를 입은 날, 김영일의 뇌에 가해졌던 리셋 함수와 동일했습니다. 김영일이 비가역적 뇌사 판정을 받은 건 외부적 충격 때문이 아니라 연구소에서 초기화 처리를 감행했기 때문이었습니다. 살아 있는 사람을 뇌사 상태로 만드는 시도를 연구소는 태연하게 자행하고 있었습니다.

이혜 씨, 이 과정에 알게 된 일을 외부에 알리기로 저는 결심했습니다. 저의 추정이나 조사에 한계가 있다면 그건 황 소장님과 연구소 관계자들, 그리고 이들에게 막대한 자금을 지원한 사람들이 밝혀야 할 일입니다. 이 일로 어떤 결과가 생길지 예상하긴 어려웠지만 제가 할 일을 하기로 했습니다. 직전에 황서우 소장님에게도 메일을 보냈습니다.

황 소상님의 호출을 받고 회사 근처 식당에서 만

났어요. 소장님은 다정하고 온화하게 저를 맞아주었습니다. 마치 아들을 대하는 것 같았습니다. 혹시 저를 또 다른 홍시엘로 보고 계셨던 걸까요?

"공론화하기 전에 먼저 진위를 알고 싶습니다. 김영일의 뇌사, 초기화 함수로 이뤄진 것입니까?"

소장님은 고개를 끄덕였습니다.

"강제로 김영일을 뇌사시킨 것입니까?"

소장님은 고개를 젓더니 제게 반문했어요.

"김영일 씨는 이렇게 제 앞에 계시잖아요? 제가 김영일 씨를 강제로 뇌사시켜 마치 살해하기라도 한 것처럼 말씀하지 마세요. 본인은 김영일이 아닙니까? 그렇다는 걸 어떻게 확신하죠?"

저는 이전 김영일의 인격과 성품, 행동 양식을 전혀 이어받지 않았다는 점을 들어 지금의 제가 김영일이 아니라고 말했습니다. 소장님은 저의 단호함이 역시 예전 김영일 씨 그대로라며 추켜세웠습니다.

"컴파일러 역할을 한 제 아들이 자신의 원본이라고 믿는 건가요? 김영일 씨는 시엘이에 대한 기억 있어요? 없잖아요? 운동 능력을 빌렸을 뿐이지 시엘이의 인격이나 성품이 전이된 건 아니니까요. 신경전

달물질 분비 방식이 같으면 똑같은 성품이 만들어 집니까?

그 말은 맞았습니다. 제게 홍시엘의 기억은 없었습니다. 저는 홍시엘처럼 사고하거나 발상하지도 않았습니다. 다만 행동 패턴은 홍시엘과, 엄밀히 말하면 공백휘와 같았으니 그것도 유래가 있는 특성이며 저의 원래 모습은 아닙니다. 그러니 이건 모두 황 소장님의 강제적인 기획일 뿐입니다. 김영일과 홍시엘, 공백휘의 의지와는 상관없이 일어난 일들입니다. 저의 의지와도 무관합니다. 저는 태어나고 싶다고 말한 적이 없습니다. 이렇게 말하면 세상의 모든 생명이 마찬가지일까요?

강하게 항의하는 제 모습을 황 소장님은 지긋이 바라보았습니다. 그러더니 자기 이야기를 하셨습니다. 논점 일탈인 것 같아 저는 듣다가 화가 났습니다. 얼마든지 반박할 자세를 취하며 팔짱을 끼고 그의 말을 들었습니다. 소장님이 자아를 규정하는 나름의 철학 같더군요.

"어릴 땐 부모나 주변 지인들, 환경의 영향이 결정적이었다는 생각이 들어요. 사아나 자의식이란 것도 다 어디선가 주워들은 거로 꿰찬 것만 같으니까요. 미국 유학 시절이 10년이었고 중국 연구소에서 일한 게 또 10년, 그 이후 한국에 돌아와 엄마로 산 시기가 또 20년 남짓인데, 환경이 바뀔 때마다 제 성향과 취향, 관심사와 인성도 다 제각각이었답니다. 그중에서 제가 가장 저답다고 느낀 시절이 언제인 줄 아세요?"

저는 가만히 소장님의 답을 기다렸습니다.

"휘몰아치는 일들이 나에게 아무런 영향을 주지 않았을 때였어요. 완벽하게 고립되었고 완전히 단절되었을 때. 아무도 나를 돕지 않고 아무도 나를 이해하지 못할 때. 그때 생각한 방식, 그때 선택한 길, 그때 결심했던 판단이 진짜 나를 만들어준 것 같아요. 근데 사람이 자기 환경에서 멀어지기가 쉽지 않거든요. 엄마의 사회적 성취를 자기 재산으로 알고 날뛴 제 아들처럼 말이지요. 어떤 땐 완전히 단절해야 해요. 이전의 자기 자신과 말이죠."

소장님이 살아온 삶을 시시콜콜하게 알고 싶지 않았습니다. 알고 싶은 건 딱 하나였어요. 황 소장님 손으로, 고유한 한 인간을 파괴하고 새로운 인격을

130

만들었냐는 겁니다. 신이 되고 싶었냐고요. 저를 직접 빚었냐는 거예요. 소장님은 여전히 부드러운 표정을 지으며 저를 향해 말했습니다.

"이렇게 자기 의견과 다른 말에 귀 기울이는 당신은 우리 연구소 직원이었던 김영일 씨와 참 다르네요. 20년 넘게 오래 봐 온 시엘이나 백휘와도 당신은 완전히 달라요. 하지만 당신은 당신이에요. 이전에도 고유했고 지금도 고유해요. 당신은 새로운 김영일이에요. 이전의 김영일과 이어져도 좋고 이어지지 않아도 좋아요. 앞으로의 일은 자신이 선택하세요. 하얀 캔버스에 무엇을 그리느냐, 그건 캔버스를 만든 자의 기획 의도와도 무관할 테지요."

소장님은 흐뭇한 표정으로 저를 지긋이 바라보았어요. 신이 되었다는 오만한 표정은 아니고 어린이를 응원하는 선생님 같은 표정이었습니다.

지나치게 감상적인 것 아닌가. 소장님과 더 이상 대화하는 건 의미가 없어 보였습니다.

저는 소장실과 비서실에서 발견한 자료와 증거들을 모아 언론에 제보했습니다. 연구소 지원 사업을 심의했던 범정부 TF에는 이전 정권 실세들이 다수 포함되어 있었습니다. 이들을 정치적으로 제거하려던 현 정권 인사들이 먹잇감을 찾고 있었나 보더군요. 보수 세력들의 기관지로 불리는 언론에 제 정보는 꽤 가치 있는 소스가 되었습니다.

연구소와 소장님 이야기는 다소 악마화되어 연일 상세하게 기사화되었습니다. 요약하자면 미친 여성 뇌과학자가 10대 청소년들의 뇌를 조작하는 일을 벌였고 청소년들의 의식 좀비화 사업에 이전 정부 실세들이 돈을 댔다는 이야기였습니다. 모 자사고의 학생들이 비존재 증후군이라 불린 정신이상자의 뇌를 카피 당해 이전의 자신을 상실하고 좀비처럼 살아가고 있다는 보도였습니다. SNS에서 막말을 하던 홍시엘과 최근에 얌전해진 홍시엘이 모자이크 처리되어 비교 화면으로 송출되었습니다. 홍시엘의 변화는 정말 자신을 상실한 좀비, 무기력한 사람으로 보였습니다. 개과천선한 거로는 안 보였습니다. 보도 직후 황 소장님은 구속되었고 조중학원은 이름이 바뀌었습니다.

우리 연구소는 표면적으로는 폐쇄되었고 대통령

실 직속 기관으로 편제되어 준군사조직 산하 국가기관이 되었습니다. 편제된 조직도 때문에 국가근위대라는 별명도 붙었습니다. 국가기관이 되자 연구소 사람들은 엉겁결에 '늘공'이 되었다며 반겼습니다. 연봉 상승률이 높진 않겠지만 특별공무원 연금이 새로 추가된다는 말에 이직하는 사람도 거의 없었습니다. 이직하려면 비밀 엄수 서약을 쓰고도 산업 스파이로 지정되어 감시받는다는 말에 속 편하게 조직을 떠나기도 애매했어요. 동료들은 대통령실 직속 기관이라는 점을 대단히 큰 보너스로 여기나 봅니다.

조직이 국가기관이 된 것은 제가 의도한 것도, 추진한 것도 아닙니다. 그저 제대로 수습했다고 믿고 싶었습니다. 황 소장님의 폭주를 막아내야 했습니다. 김영일처럼 억지로 자아가 포맷되어 상실되는 폭력적인 일들을 미리 막아낸 것입니다. 누구도 타인의 의식과 의지를 기획해 결정할 수 없습니다. 그러니 황 소장님의 비윤리적 연구는 이제라도 저지되어야 마땅합니다. 부존재 증후군을 지닌 사람의 사본의 사본이 된 저야말로 이 일을 수습하는 데에 적합하다고 판난했습니다.

하지만 돌아가는 일들은 그리 아름답진 않았습니다. 저를 비난하는 사람도 많았습니다. 어린아이 대하듯 화장실이 어딘지 모르면 다른 사람에게 물어보고 배설하라는 말까지 들었어요.

타당한 선택을 했다고 믿었는데 타당했던 걸까요? 그런데 연구소의 비리를 폭로하는 결정을 내렸을 때, 그 순간의 저는 누구였을까요? 김영일의 연장선인 인간, 홍시엘의 연장선인 인간, 공백휘의 연장선인 인간 중 과연 누구의 선택일까요? 다 제가 내린 결정이었고 제가 직접 행동했으니 세 사람을 탓할 순 없지요.

저는 세상에 없는 인간인 것만 같은데, 휴머노이드나 AI에 가까운 존재 같은데 이번 선택을 결정해 행동으로 옮긴 순간 저에게 책임이 발생했습니다. 올곧이 저만의 책임이었습니다. 휴머노이드나 AI에게 책임을 물어 민형사적 처벌이 가해지지 않겠지요. 그런데 저는 어느 시점에서 저만의 옳고 그름을 판단하게 된 걸까요? 도덕의 판단 기준은 언제 누가 만들어낸 걸까요?

홍시엘을 한 번 더 만났습니다. 그는 저를 보며 멍청했다고 나무라더군요. 황 소장님이 자기 엄마가 아니었대도 자신은 황 소장님을 먹잇감으로 던지는 일은 절대로 하지 않았을 거라면서요.

비난받으면서도 기뻤습니다. 저와 홍시엘은 같은 사본끼리 유사성이 있을지언정 전혀 다른 선택을 했으니까요. 우리는 서로 외모와 기억이 다르며 무엇보다 선택과 감당할 책임이 완전히 다르다는 걸 이해하며 같은 타이밍에 반대로 다리를 꼬았습니다.

홍시엘에게 부탁해 공백휘도 한번 만나보았어요. 홍시엘은 공백휘를 신처럼 떠받들었고 공백휘가 없었다면 자신도 존재할 수 없기에 자신을 그저 공백휘의 그림자라고 표현했습니다. 고등학생 시절 폭력을 휘둘렀던 홍시엘의 죄과도 평생 갚겠다고 했습니다.

공백휘의 느긋하고 우아한 움직임을 보니 저 역시 그의 연장선에 있다는 점은 느껴졌습니다. 하지만 그뿐이었습니다. 저는 공백휘를 저의 기원이자 유래라고 생각하지 않았으니까요. 그는 저의 신이 아니었습니다. 휴머노이드, AI와 유사할지언정 저는 여기 분명히 존재한다고 느낍니다.

요즘도 물론 혼란스럽습니다. 원하지도 않았는데 비밀스럽게 눈을 뜬 자아, 후천적이고 인공적으로 탄생한 인격, 누구의 연장이나 누군가의 조합, 혹은 그 조합조차도 아닌 존재……. 저는 약간 달라진 김영일인 척하면서 이대로 죽을 때까지 살면 되는 겁니까? 누군가의 몸을 강제로 강탈한 외계인처럼, 균처럼, 독처럼, 괴물처럼?

저는 도대체 누굽니까. 김영일이 아니라고, 홍시엘도 공백휘도 아니라고 부정하기만 하면 자연스럽게 제가 됩니까? 이 질문은 언제쯤 멈추게 될까요?

마지막으로 이혜 씨에게 전해야 할 일이 있어요. 이혜 씨와도 직접적으로 연관된 일입니다.

연구소 주요 간부들이 완전히 교체된 후 회사 분위기는 매우 고압적이고 위계적으로 바뀌었습니다. 영일의 옛 기억과 대조해보자면 군대와 같은 분위기입니다. 대통령실 직속 TF, 국가안보정보부와 경호실, 준군사시설이 연구소 운영에 공동 관여한 후 의미 없는 보고 체계가 늘었고 실적을 판단하는 기준도 새로 결정되었습니다.

그 후 어디서 데려온 건지 누군지도 모르는 사람들이 임상 실험자로 줄줄이 연구소로 들어왔습니다. 뇌사자 침상으로 연구소가 꽉 찼습니다. 공장 제품 찍어내듯 브레인 리셋이 거행되고 페어링이 시도됐습니다. 컴파일러로 설정된 사람이 누구인지 여전히 비밀이었습니다. 그리고 얼마 전 눈을 뜬 사람 셋은 매우 폭력적인 성향을 보였습니다. 컴파일러의 성향이 뇌사자에게 영향을 끼칠 가능성이 있다면 애초에 비폭력적인 사람들을 컴파일러로 선정해야 하는 것 아닙니까? 이해되지 않는 일들이 점점 늘었습니다.

최근에 눈을 뜬 사람이 누군지 알게 됐어요. SNS에 실종 소식이 실린 사람이었습니다. 국가보안법 위반 혐의를 받는 인권 단체 사람인데 온라인상에선 반사회적 인물이라는 평가가 자주 보이더군요. 그의 실종 소식을 알리고 확산을 요청하는 지인은 그가 온화하고 심성이 고운 사람이라고 묘사했습니다. 눈에 띄지 않을 정도로 조용한 성격이니 유심히 봐달라는 의도였습니다. 그가 SNS에 올린 것과 똑같은 얼굴을 한 그 사람은 며칠 전 페어링 성공 직후 줄곧 흥분 상태로 거칠게 날뛰고 있습니다.

저의 선택이 일으킨 파장을, 기이한 방향으로 뻗어간 악영향을 지켜보았습니다. 저는 감당하지 못할 일을 불러왔습니다. 황 소장님의 계획과 의도를 제대로 이해하지 못했고 연구소를 악마화해 이권을 차지하려는 사람들의 횡포를 전혀 예상하지 못했습니다. 사본이라는 자각을 했고 경험이 적고 판단 능력이 고도하지 못하다는 걸 느끼면서도 감히 조직과 세상의 일에 개입했습니다. 일련의 일들을 전부 엉망진창으로 만들었습니다.

어떻게 책임을 져야 할지 고민했을 때 제게 다가온 사람이 있었습니다. 바로 주희 씨였습니다. 처음엔 이혜 씨 당신과 이야기를 나눈다고만 생각했습니다. 하지만 이야기를 나눌수록 이혜 씨와는 전혀 다른 사람이라는 걸 알았습니다. 주희 씨에게 들었어요. 이혜 씨가 주희 씨를 비롯해 안치실의 꺼져가는 생명들을 모두 끌어안았다고요. 이혜 씨가 잠들어 있는 사이, 다른 존재들이 이혜 씨를 대신해 생활하고 있다는 이야기도 들었습니다. 여러분들은 하나의 몸을 공유하며 서로 돕는 방식을 찾았다고 했습니다. 한 사람의 뇌 패턴 움직임이 강해지는 순간, 다른 존재들은 자신의 패턴을 잠시 내려놓는다고요.

놀라웠습니다. 김영일과 완전히 단절된 저로선 더욱이요. 홍시엘도 공백휘도 제 안엔 존재하지 않는데 말입니다. 만약 김영일, 홍시엘, 공백휘, 저, 네 명이 한 몸을 공유했다면 어땠을까요? 저는 상상해 보았습니다. 공백휘는 몰라도 김영일과 홍시엘이 잠시 자신을 내려놓고 제게 주도권을 양보했을 것 같진 않습니다. 여러분은 어떻게 서로를 믿을 수 있었는지요? 신기합니다.

그제야 황 소장님과 음식점에서 단둘이 만났을 때 들었던 표현이 생각났습니다. 황 소장님은 고립과 단절을 이야기했습니다.

"어떤 땐 완전히 단절해야 해요. 이전의 자기 자신과 말이죠."

혹시 황 소장님은 이것까지 염두에 뒀을까요? 어떤 이들은 공존을 통해 자신을 잠시 내려놓기도 하지만 또 어떤 이들은 절대로 그럴 수 없다는 것을. 그래서 이전의 자신과 완전히 단절해야 다음 단계로 갈 수 있는 사람도 있다는 것을요.

이혜 씨, 주희 씨와 저는 서로의 기원과 존재에

대해, 그리고 우리의 선택과 앞으로의 삶에 관해 이야기를 나누며 서로를 이해하게 됐어요. 서로를 깊이 사랑하게 됐어요. 우리처럼 서로를 이해할 수 있는 상대는 아마 없을 겁니다. 우리는 김영일과 박이혜의 몸을 사용하는 무(無)에 다름없는 존재였습니다. 하지만 타인의 몸에 깃든 서로의 존재를 이해하고 인정하면서 비로소 무가 아니라고 자신을 받아들이게 됐습니다. 주희 씨가 저를 인정해주었기에 저는 비로소 존재하게 되었습니다.

지난주에 주희 씨의 장례식도 함께 치렀습니다. 주희 씨의 지인들을 만나 장례식 소식도 전하고 사람들을 위로했습니다. 주희 씨는 지인들 앞에서 많이 울었습니다. 지인들은 이혜 씨가 위로하는 말이라고 생각했지만 실은 주희 씨 자신이 지인들과 직접 인사를 나눈 거였습니다. 자신을 추억하는 이들을 만나 주희 씨도 위로받았을 겁니다. 안치실에서 외롭게 누워 있던 바로 그 시절, 주희 씨의 안부를 간절히 기도했던 사람들을 만난 거라고 합니다. 지독하게 외로웠던 시기를 외롭지 않았던 시절로 추억하게 됐대요.

홍시엘과 공백휘도 주희 씨와 함께 만났어요. 주희 씨는 제 귀에 속삭였습니다. 두 사람은 완전히 다른 인간이라고, 그리고 저와도 완벽하게 다르다고 말입니다. 그의 말에 저의 존재감을 또렷이 느꼈습니다.

며칠 전에 주희 씨에게 반지를 하나 선물했어요. 지금 당신 손에 끼워진 반지는 김영일이 이혜 씨에게 선물한 반지가 아니고 제가 주희 씨에게 선물한 겁니다.

연구소 사람들은 모두 우리의 '재결합'을 축하했어요. 전보다 더 금슬이 좋아진 거 아니냐며 모두 축하해주었습니다. 우리는 그저 슬쩍 미소만 지어 보였습니다.

어젯밤 저희 침실에서 깨어나 많이 놀랐지요? 비명을 지르며 집을 나간 당신을 보면서도 오해가 생길까 봐 바로 쫓아갈 수 없었습니다. 당신 스마트폰과 다이어리에 주희 씨가 남긴 기록을 확인해주시길 부탁드립니다.

이혜 씨와 여러분이 돌아오실 것을 생각하며 공간을 정리했습니다. 저와 주희 씨의 침실, 그리고 별

© LEE SU JUNG

도로 이혜 씨의 공간을 따로 마련했어요. 수연 씨, 용현 씨, 유정 씨, 재현 씨, 토끼 선배와 동그란 고양이, 검은 쥐, 늙은 강아지가 각각 편안함을 느낄 수 있는 공간을 거실과 주방, 베란다 곳곳에 두었어요. 누가 언제 눈을 뜨더라도 이 공간은 당신 모두를 위한 곳입니다. 마음에 드셨으면 좋겠습니다. 혹시 바꾸고 싶으시면 얼마든지 말씀하세요.

다른 사람들이 김영일과 박이혜가 재결합했다고 하는 말을 감내해주실 수 있나요? 이혜 씨에게 새로운 인생이 시작된다면 그때 우리도 이혜 씨의 선택을 존중하고 최대한 공존할 방법을 찾을 거예요. 그러니 저와 주희 씨의 결혼을 축하해주실 수 있나요? 만약 당신이 허락하지 않으신다면 주희 씨와 함께 사는 일은 포기할 생각입니다.

추신

몇 가지 추후에 알게 된 사실을 기록해둡니다.

홍시엘과 공백휘가 다녔던 조중학원은 단순히 금수저 집안 자녀들을 위한 비공식 소년원은 아니었다고 합니다. 조중학원의 이사들과 연구소를 접수

한 정부 TF는 구성원 면에서 거의 같은 사람, 같은 조직이었어요.

알고 보니 조중학원에서 학생들은 민간 방위라는 이름의 사이버 특전사 교육을 계속 이수 받았다고 합니다. 학생들이 매일 20시간 넘게 접속해 있던 곳은 단순한 게임 메타버스 같은 게 아니라 사이버 리더 양성을 위한 플랫폼 훈련소였습니다. 이 플랫폼에 접속된 상태로 조중학원 학생들의 뇌 패턴은 동시에 일괄 페어링되었다고 합니다. 신임 연구소장으로 부임한 신천희는 사이버 민간 방위부대 대대장 출신이었습니다. 그가 조중학원 초대 이사장이었던 것도 알았습니다. 황 소장님의 브레인 리셋 기술은 조중학원에서 일어났던 브레인-브레이크다운 감염 후에 나왔습니다. 조중학원 학생들의 브레인 페어링을 치료하기 위해 고안된 것으로 보입니다. 황 소장님이 조중학원에 관여한 시점으로 보아 위와 같이 판단했습니다. 어디까지나 저의 추측입니다.

사실을 확인하고 싶어서 황 소장님 면회를 갔습니다. 황서우 소장님과 신천희는 한때 같은 회사에서 일한 동기라고 들었습니다.

황 소장님은 아들이 입학한 직후 조중학원의 교육 내용이 단순 교정이나 치료가 아니라 의도적인 기획이라는 것을 알았다고 합니다. 브레이크다운으로 감염된 학생들의 뇌를 치료하기 위해 초기화 함수를 만들어냈다고 했습니다. 오염된 뇌에 단절과 균열을 일으키려는 계획이었다고요. 그는 그 과정에서 아들의 오랜 친구이자 학교 폭력 피해자였던 공백휘를, 절친한 지인의 아들이 가진 부존재 증후군을 컴파일러로 삼기로 정했다고 합니다.

"왜 하필 그 아이를 컴파일러로 설정했습니까? 아이들을 선도하고 싶은 부모나, 소장님 자신이 나서는 방법도 있지 않았습니까?"

황 소장님은 공백휘를 떠올리는 듯 애틋한 얼굴을 보였습니다.

"무기가 전혀 없는 사람으로부터 새롭게 시작하는 게 좋을 것 같았어요. 우리에게 초기화가 필요하다면, 어떤 백지에서 시작해야 할지 생각했습니다. 저나 아이들의 부모들처럼 이미 수십 년 전의 기준으로 교육받은 사람들에게서 이야기를 출발시킬 순 없다고 판단했기든요."

황 소장님은 아이들을 사회화하는 데에 실패했다고 한탄하셨습니다. 천편일률적인 주입식 경쟁 교육으로 아이들을 내몬 뒤 구시대 가치를 강요했다고요. 자기 가치가 시작되지도 않은 뻥 뚫린 공간을 파고들며 전체주의적 사이버 역군을 키워내겠다는 기획이 작동했다고요. 자신들의 권력과 사익을 영원히 이어가는 것에만 관심 있는 이들이 동기화를 기획했다는 겁니다. SNS와 메타버스 접속이 일상인 세대가 동기화 기획에 쉽게 포획되었습니다. 타인의 기준을 자아로 받아들인 뒤 기꺼이 전체의 일부가 되는 일, 그리고 동기화를 확산시키는 일을 직접 수행하게 된 거죠. 그들은 브레인 페어링뿐 아니라 행동 페어링, 인식 페어링, 그리고 감정 이입하는 대상까지 특정한 사람들과 함께하는 집단 페어링까지 기획하고 있다고 말입니다. 황 소장님은 우리가 시행했던 연구가 대단히 특별한 것도 아니라고 말하더군요. 브레인 패턴을 출력하거나 재현하거나 페어링하는 일은 이미 여러 곳에서 시도되었다고요. 수많은 컴파일러가 우리 곁에 있다고 말이지요. 당신이 줄곧 시술을 거부했던 마인드셋-부스팅도 어쩌면 비숫한 기획의 연장선에 있었던 겁니다.

황 소장님의 기획은 이 안에서 내용을 바꾸는 쇄신책이었다고 합니다. 어디까지나 그의 주장입니다. 황 소장님이 좋은 의도를 가졌다고 해도 그가 수행한 방식이 전부 옳은 선택이었는지 저는 판단할 수 없습니다. 이후에 벌어진 일들과 파급력을 두고 판단한다면 황 소장님도 신 소장님과 마찬가지로 그릇된 선택을 한 건지도 모릅니다.

"그렇다고 아무도 손을 쓰지 않았다면, 어떤 기획도 벌이지 않았다면 그게 모두에게 과연 최선이었을까요?"

황 소장님이 자신을 변호하듯 역설한 주장에 저는 답할 수 없었습니다.

황 소장님 면회를 끝내고 나오면서 교복을 입은 학생들을 보았습니다. BPI 연구소의 페어링 이전에도 동기화된 뇌가 존재했다면 그건 조중학원 아이들에게만 적용된 것은 아닐 겁니다.

순식간에 만연하는 혐오, 부조리와 불합리가 눈 깜짝할 사이에 복제되어 확산되는 걸 봅니다. 상품 광고를 집행했을 때 구매욕을 느끼는 사람들은 유사한 뇌 패턴 파장을 보인다는 연구 결과도 있더군요. 사람의 의지나 욕망, 또는 중독이라는 것도 단기간에 특정한 방식으로 외부적으로 만들어진 것이 아닐까요. 가짜 뉴스처럼 그릇된 편향성, 동기화가 확산되기 쉬운 생체적인 조건이나 환경적 문화적 조건이 요즘에는 더 잘 갖춰진 건 아닐까요. 인류 역사상 가장 강력한 정보를 많은 이가 균등하게 손에 넣었다고 평가받는 시대, 모두가 균일하게도 가장 어리석은 선택을 하고 있는 건 아닐지요.

물론 개인만 그런 건 아닐 겁니다. 공멸을 향해 질주하는 양극화된 세상, 반생태적 기후변화를 이윤을 위해서라도 멈추지 못하는 시스템 그 자체도 그렇습니다. 끊임없이 동기화되어 복제될 뿐 제어되지 않는 것들 모두가 다른 존재의 페어링이 아닐까 생각합니다. 저 같은 카피가 이런 생각을 하는 것도 좀 웃기긴 하지요?

황 소장님이 말한 단절과 선택이 제게도 암시하는 게 있을지도 모릅니다. 공백휘라는 컴파일러는 특정한 선택을 강요하진 않았고 다른 선택을 하도록 만든 백지에 가까운 역할이었으니까요. 저는 과연 김영일과 단절하고 공백휘의 백지를 디딤돌 삼아 저라는 사람을 새로 써갈 수 있을까요? 그랬으면 합니다. 황 소장님 기획의 성공사례가 되어 보고 싶습니다.

주회 씨와 최근 친해진 회사 동료분과 함께 셋이 밥을 먹었습니다. 그가 저를 김영일이 아니라 제삼이라고 불러줬습니다. 주회 씨 외에도 한 사람 더, 저를 제삼으로 여겨준 사람이 생겼습니다. 나중에라도 갑자기 김영일의 자아와 저의 자아가 융합하게 된다면 주변을 충돌 없이 어떻게 정리해야 할지 걱정이 앞섭니다. 김영일이라면 저를 몰아내기 위해 분투할 테고 저라면 며칠을 붙잡고 답을 내기 위해 쩔쩔맬 겁니다.

저는 줄곧 김영일과 다른 저를 찾으며 안도했습니다. 언젠가 김영일과의 유사점을 찾으며 안도하는 순간도 올까요. 저는 결국 주회 씨나 다른 사회적 관계를 통해 김영일, 홍시엘, 공백휘와 제삼 사이를 오가게 될 겁니다. 그러니 김영일의 자아를 받아안게 될 날도 각오하려고 합니다. 이혜 씨 당신이 주회 씨를 받아안은 결심에 비하면 사소한 것일지도 모릅니다.

앞으로도 여러 선택을 할 겁니다. 또 동시에 이전과 완전히 분절된 선택을 할 수도 있고요. 그렇게 살아갈 겁니다.

참, 홍시엘의 상담치료 덕분인지 공백휘가 비존재 증후군에서 벗어났다는 소식도 들었습니다. 작게 통각을 느끼기 시작했다고 합니다. 갑작스레 이전의 고통이 재현되어 쇼크가 발생하는 일도 있다고 하네요. 고통을 느끼지 못했던 시절은 그에게 행운이었을까요? 이전의 고통을 시차를 두고 추후에 느끼는 일은 차라리 행운일까요?

몸의 무감각이 그의 부존재 증후군을 구축했다면 몸의 고통이 그에게 어떤 영향을 줄지 걱정됩니다. 그를 떠올리면 마음이 아프네요. 그가 저의 원본이어서가 아닙니다. 그는 자신을 지킬 무기가 전혀 없었던 사람이었으니까요. 그는 컴파일러로 역할을 하면서 다른 이들에게 새로운 삶을 제시하는 데에 공헌했습니다. 이번에는 공백휘가 자신의 선택을 시작하길 마음속으로 응원했습니다.

김영일의 부모님도 만났습니다. 앞으로도 가끔 찾아가려고 합니다. 김영일이 아닌 상태가 되기 위해 애쓸수록 김영일을 계속 의식하게 됩니다. 김영일의 방식을 알아야 그 방식이 아닌 여집합과 차집합을 저의 방식이라 말할 수 있을 겁니다. 그렇게 저를 만들어가려고 합니다. 홍시엘과도 전혀 다르게 살 겁니다. 이전의 공백휘처럼 세상에 무반응하며 살지는 않겠다고 각오합니다. 그렇게 분투하는 나를 종합했을 때 그 순간의 존재를 나라고 인정할 수 있을 겁니다.

　요즘은 현관 앞에서나 욕실에서 거울을 보며 놀라지 않습니다. 가만히 들여다볼수록 아무도 없는 것만 같습니다. 거울 속에 아무도 보이지 않는 것 같은 이 허망함도 조금씩 흐려져 언젠가는 사라지겠지요. 부디 그러길 바랍니다.

에필로그

주희, 그리고 공존자들

주희 씨, 이혜예요. 저는 평안하게 잘 지내고 있어요. 잠들어 있는 시간이 늘어서 요즘 걱정 너무 많이 끼쳤죠. 가끔 의식이 깨어나면 어쩐지 내 몸과 내 생활이 아닌 것 같아 어색했어요. 다시 무의식 속으로 침잠했지만 그것도 나쁘지 않았어요. 내가 아닌 상태로 가장 나다워지는 방법을 찾아가는 것만 같달까요. 자아가 점점 작아지는 성장도 있을 거라 생각했답니다.

수연 씨, 용현 씨, 유정 씨, 재현 씨 다른 네 분과 동물들을 당신이 잘 다독여줘서 고마워요. 제삼 씨

한테 들었어요. 복수심이나 욕망에 불타 다른 이들과 합의되지 않은 일을 하려는 분도 있었는데 그때마다 당신이 발현해 제어했다고요.

주희 씨, 나는 요즘 이미 죽었다고 느껴요. 근데 당신을 만나기 전에도 그랬어요. 일상을 버티던 시절에도 남편이 나를 자기 성취의 도구로 삼으려 했던 순간에도 이미 나라는 인간은 거기 없었던 것만 같아요. 그러니 당신을 만나 몸에 대한 집착을 버린 뒤에도 어쩌면 비슷한 상태일지도 몰라요. 지금 제일 평화롭고요. 근데 지금의 나는 뭘까요? 이전의 자아가 소멸해 비로소 살아났다고 느끼니 마치 구더기와도 같은 존재가 아닐까요. 다른 사람들은 어떻게 자아가 있다고 확신할까요? 거울 속 모습이 내가 아닌 것처럼 보인다면 어제의 나와 오늘의 내가 연속되었다는 걸 어떻게 믿을 수 있을까요? 억지로 외부적 조건에 맞춰 일관성을 유지해온 저 같은 인간들에게 있는 그대로의 나라는 게 가능하지 않으니까요.

요즘엔 그렇게 생각해요. 생존이 언제나 미덕일까? 생존을 이유로 남의 생존을 짓밟는 건 정말 본

능일까? 모든 생이 과연 그 자체로 아름다울까? 자아는 반드시 실현되고 성장해야 하나? 죽었다고 생각하며 사는 사람은 숭고하지 않은 걸까?

만약 죽는 일이 자기에 대한, 혹은 신이나 부모에 대한 모독이라고 생각한다면 제겐 모독할 대상이 없습니다. 여러분에게 제 몸과 자아를 모두 드렸으니까요.

세상이 저를 없는 존재라고 여기거나, 혹은 아무 생각 없는 여자, 또는 자기 몸에 갇혀 죽은 것과 다름없는 좀비라고 불러도 좋아요. 저는 구식 마인드를 가지고 조용히 살다 사라진 인간이었음을 자부하겠어요. 안치실에 계셨던 여러분에게 함부로 이름을 붙일 자격이 없을 정도로 허약한 위치에 있었던 것을 자랑스러워할래요.

생이 무조건 아름답다는 사실을 믿지 않으니 죽음도 무조건 슬픈 일만은 아닐 거예요. 저는 소멸한 후에도 동요하지 않을 거랍니다. 저의 소멸은 가장 새로운 삶을 마주하는 건 아닐까요. 어쩌면 가장 진일보한 죽음일지도 몰라요.

제 결심이 자살 아니냐고요? 주희 씨가 그렇게

생각하신대도 어쩔 수 없어요. 어떻게든 지켜야 하는 나라는 존재가 그저 허상에 불과하다면 자살하지 않을 이유는 어디에 있나요?

★

오래 잠들어 있었습니다. 깨지 않으려 했어요. 어느 날 저를 부르는 목소리가 들려왔어요. 상당히 오랜만에 뇌 패턴을 움직여 세상을 호흡했습니다. 아마 수년쯤 흘렀나 봐요. 긴 잠을 잔 것처럼, 내 몸에서 잠시 떠났던 것처럼 어색하고 비현실적인 감각을 느끼며 몸을 움직였지요. 평소처럼 찌뿌드드하고 무력한 몸이 아니었어요. 정말 신기하더라고요. 주희씨와 여러분이 몸을 소중히 다뤘더군요. 사이 좋은 룸메이트로 살기 위해 집을 잘 가꾸고 유지하기로 했다면서요.

눈을 뜬 저는 여러분이 준비한 계획대로 어릴 때 머물던 동네 앞에 서 있었습니다.

"여긴……? 주희 씨 여길 어떻게 알았어요?"

저는 가방을 열어 여러분이 남긴 기록을 하나씩 펼쳐보았습니다. 지의 이전 삶을 찾아내 저를 위해

155

이벤트를 하나 준비해주었더군요.

여러분은 차례대로 자신이 전에 살았던 곳에 들렀다고요. 수연 씨는 부모님을 만나 제대로 작별 인사를 드렸다지요. 수연 씨의 둘도 없는 친구인 것처럼 연기를 했는데 아주 잘했다고요. 메시지도 고마워요, 수연 씨. 부모님과 제대로 인사할 수 있도록 도와줘서 감사하다고 제게 인사도 남겨주셨네요. 수연 씨를 브레인 페어링 연구소에 보낸 일을 수연 씨 부모님도 깊이 후회했대요. 황 소장님 기사가 나왔을 때 부모님이 많이 우셨다죠. 연구소에서 제공한 사례금이 너무 컸고 당시 수연 씨 아버지는 회사 부도를 막아야 했다고요. 가족에게 화가 폭발한 수연 씨, 이번에도 그를 진정시킨 건 주희 씨였다고요. 당신이 수연 씨를 대신해 수연 씨 부모님께 예를 갖춰 작별 인사를 했다지요. '충분히 이해한다고, 그리고 수연이도 충분히 이해할 거'라고요. 수연 씨도 나중엔 주희 씨가 부모님께 대신 건넨 말을 자신이 직접 건넨 인사로 여겼다고 합니다.

공동생활은 엄청 번잡해 보여요. 너무 많은 사연이 넘쳐서 한 사람의 억울함과 울분과 감정에 집중

하면 모두 자멸하는 길로 갈 건 불 보듯 뻔하고요. 그때 여러분은 몸의 원래 주인인 저에게 해를 끼치지 않는 선택을 하셨다고 말씀하셨어요.

원래 주인……

여러분이 남긴 기록을 훑으며 그 표현이 마음에 오래 남았어요. 저는 한 번도 제 삶의 주인인 적이 없었거든요. 여러분에게 저를 허락한 것은 숭고한 희생 같은 건 아니었어요. 죽고 싶었던 참이라 될 대로 되라는 식의 자포자기이기도 했고요. 여러분에게 저를 움직이는 일을 계속 맡기고 싶었어요. 그래서 생을 포기할 수 있었거든요. 그건 제가 떠올릴 수 있는 가장 큰 욕망이었습니다. 무욕인 상태로 계속 머물고 싶다는 아이러니한 갈망이었어요.

그런데 여러분이 어릴 때 살던 동네로 저를 데리고 와주셨네요. 천천히 걷기 시작했어요. 졸업했던 초등학교도 보았습니다. 운동장이 저렇게 쪼끄맸구나. 동네 어른들이 평상을 펴고 바둑을 두던 커다란 나무는 가지가 다 잘려 나간 채 간신히 흔적만 남았네요. 풍경이 너무 많이 변해서 변하지 않은 지점을 질 찾아내는 게 필요했어요. 그 지점을 기준 삼고 옛 기억을 떠올리며 산책했습니다. 친구들과 놀았던 공터는 아예 사라졌고 뒷산은 아예 깎여나가 터널이 뚫렸네요. 어릴 때 살았던 허름한 이층집과 그 일대에는 아파트 단지가 들어선 모양입니다. 신기한 건 잘려 나간 나무 기둥이나 우체통, 입지가 좋지 않았던 세탁소 같은 게 간간이 남아 있어서 이전 기억을 생생하게 떠올리도록 표석이 되어준 거였어요. 아파트 놀이터에 들어가면서 이층집 낡은 현관을 밀듯 걸음을 들였습니다. 그네가 보이는 곳에 제 방이 있었다는 것까지 정확히 떠올릴 수 있었지요. 다 사라졌다고 말할 수 있는 풍경 속에서 저는 현재 모습과 옛 모습을 동시에 보고 있었어요.

그네에 앉아 당신이 남긴 메모를 보았습니다.

—우리는 당신의 몸이고 삶이에요. 당신이 없을 때 우리는 당신이 되어 당신을 대신했어요. 우리는 모두 당신이 했을 법한 선택을 했어요. 당신이 가장 안전하고 가장 행복해질 선택을요. 당신은 우리를 통해 당신 자신이 되었어요. 당신이 행복해야 우리도 존재해요. 그렇지 않나요? *(주희)*

제 몸을 활용하고 있어서일까요? 여러분은 매 순간 저를 늘 의식하고 있었다고 해요.

— *이혜 씨가 우리에게 자신을 내어준 것에 감사해요. 하지만 당신이 사라진다면 너무 미안하고 슬플 거예요. (유정)*

여러분은 제가 소멸하는 것을 허락하지 않았습니다. 수연 씨와 용현 씨는 자신이 몸을 주도하겠다고도 했다지요. 하지만 저에게 재고할 시간을 주자고 협의했대요. 재밌는 일이에요. 제 안에서 열에 가까운 생명이 계속 싸웠어요. 제가 드러나지 않는 게 여러분에게도 편할 텐데 말이에요.

여러분 덕분에 저는 돌아오기로 마음먹었습니다. 자신을 주도하는 삶을 새로 시작하기로 결심하게 됐어요. 저 자신을 위해, 그리고 여러분을 위해서 남은 생을 잘 가꿔가보고 싶어요. 여러분의 일부가 되어 새로운 삶을 살게 된 건 제겐 놀라운 선물이에요. 어쩌면 아무나 살아볼 순 없는 삶인지도 몰라요. 그러니 제가 했던 선택에 긍지를 가져도 되겠지요?

제삼 씨의 편지를 읽은 뒤 저는 집으로 돌아왔어요. 우리는 새로운 공동생활을 시작했습니다. 나는 이제 당신들과 나를 구분하지 않아요. 우리는 나고 내가 우리죠. 집단 속에 숨어 살아가는 것과는 다르죠. 때때로 나는 수연 씨가 되고 용현 씨가 되고 유정 씨가 되고 재현 씨가 되고 주희 씨가 되어요. 늦은 밤이나 쉬는 날엔 고양이가 되고 토끼가 되고 병든 쥐와 늙은 강아지가 됩니다. 다른 이들의 강렬한 욕망을 느끼고 때때로 전혀 다른 사람에게 이끌립니다. 모두의 욕망과 의지를 느끼고 자신을 내려놓는 선택을 합니다. 기꺼이.

어느 날 밤 주희 씨 방에서 눈을 떴어요. 저는 제삼 씨에게 낮게 귓속말을 하고 제 방으로 걸어 나갔습니다.

"저 이혜예요. 오늘 밤엔 제 방에서 잘게요."

제삼 씨가 팔베개를 풀며 인사했어요.

"아, 잘 자요. 이혜 씨."

저는 토끼, 고양이, 쥐, 개의 자리를 깨끗이 청소하곤 방으로 들어갔어요. 제 방에는 수연 씨, 용현 씨, 유정 씨, 재현 씨의 책상과 2층 침대 두 개가 놓여 있어요. 제 자리에 놓인 책이 접힌 상태로 저를 기다리고 있어요. 눈을 뜬 이 순간, 세상은 가장 적막하고 저는 충분히 외로워요. 수많은 생명이 저를 구성하고 있지만 외롭습니다. 가장 외롭다고 느끼는 이 순간, 세상에 나를 알아줄 사람이 하나도 없는 것 같은 순간, 어쩌면 이때만이 제일 나다운 것 같아요. 다음 단계의 나로 나아갈 수 있을 것만 같아요.

주희 씨가 제삼 씨와 사랑하며 저도 사랑하는 법과 사랑받는 법을 제 몸의 감각으로 품게 되었어요. 수연 씨, 용현 씨, 유정 씨, 재현 씨의 평소 습관과 감각도, 원래 내 것이 아니었던 울분과 슬픔도, 동물들이 인간 세상에서 맺고 있는 사회적인 관계도, 우리 모두의 앞으로의 미래까지도 몸에 흐르는 혈액처럼 모두 제 것으로, 우리 것으로 느낄 겁니다. 그러니 오늘 밤엔 외로움을 조금 즐길 수 있을 것 같아요. 어제의 나와 완전히 다른 이 순간의 저를 자랑스럽게 느낍니다.

주희 씨, 저의 삶을 이어주셔서 감사해요. 저도 당신의 삶을 잘 이어가볼게요.

잘 자요.

〈끝〉

작가의 말

작가명 황모과는 이름뿐 아니라 성씨도 필명이다. 황씨는 어머니의 성이다. 부계 쪽 친척들이 다소 서운해하실지 모르지만 어쩔 수 없다. 아버지 시대와 단절하겠다는 내 결심을 이해해주시리라 생각한다.

단절은 개인적으로도 중요한 테마다.

작가 정체성을 포함해 인생에 그 어떤 경력도, 성취도, 자산도, 아무것도 남지 않았을 때, 그럼에도 불구하고 삶을 자부할 수 있을까? 일머리 없는 워커홀릭이라 솔직히 자신은 없지만, 결과와 무관하게 과정 자체를 긍정할 수 있길 바라고 또 다짐해본다.

필사적으로 붙잡고 있던 것들이 모두 해체됐을 때도 내가 나일 수 있다면 그건 내가 그 순간에 함께 했던 타자들 때문일 거라 믿는다.

2023년
황모과

dot. 3

노바디 인 더 미러

초판 1쇄 발행   2023년 12월 24일

지은이   황모과
펴낸이   박은주
디자인   김선예, 이수정
마케팅   박동준

발행처   (주) 아작
등록   2015년 9월 9일 (제2021-000132호)
주소   07236 서울특별시 영등포구 의사당대로 38 102동 1309호
전화   02.324.3945-6   **팩스** 02.324.3947
이메일   arzaklivres@gmail.com
홈페이지   www.arzak.co.kr

ISBN   979-11-6668-803-4 04810
979-11-6668-800-3 04810 (세트)